dtv

Er stellt sich schlafend und hofft, daß sie weggeht. Er hat keine Lust mehr auf die Frau aus der Bar. Viel lieber fährt er mit seinem Freund in den Wald, raucht eine Tüte und wirft Steine in den Bach. Über feste Beziehungen und Frauen, die Ansprüche stellen, kann er nur lachen. Genauso wie über die verhaßten Brötchentütenträger. Bis ihn das »Erdnußmädchen« zu einer Wette überredet. In einem anderen Teil der Stadt wacht eine junge Frau auf mit dem Gefühl, daß ihr die Wirklichkeit entgleitet. Sie beginnt mit sich und ihren Mitmenschen zu experimentieren. Mal ist sie Voyeurin, dann läßt sie sich beobachten. Von Tag zu Tag wird ihr Verhalten extremer und selbstzerstörerischer. – In schneller, lebensnaher Sprache zeichnet die junge Kölner Autorin das Chaos zweier junger Menschen zwischen Weltfrust und Übermut.

Dörte Franke wurde 1974 in Leipzig geboren. Nachdem ihre Eltern 1979 wegen »staatsfeindlicher Hetze« inhaftiert wurden, konnte sie 1982 erst durch die persönliche Intervention Herbert Wehners in die Bundesrepublik ausreisen. 2001 Abschluß des Studiums in Köln. Daneben Dokumentarfilmerin und Drehbuchautorin, unter anderem eines Films über die Geschichte ihrer Mutter. Dörte Franke lebt in Köln und Berlin.

Dörte Franke

Die einen wetten, die anderen warten

Roman

Deutscher Taschenbuch Verlag

Originalausgabe
Mai 2001
Deutscher Taschenbuch Verlag GmbH & Co. KG,
München
www.dtv.de

Umschlagkonzept: Balk & Brumshagen
Umschlagfoto: © Stockfood/S. & P. Eising
Satz: KCS GmbH, Buchholz/Hamburg
Gesetzt aus der Stempel Garamond 10/12
Druck und Bindung: C. H. Beck'sche Buchdruckerei,
Nördlingen
Gedruckt auf säurefreiem, chlorfrei gebleichtem Papier
Printed in Germany · ISBN 3-423-20421-4

Mein Leben wird, da es sich im anderen abspielt, für sich selber zum Geheimnis. Mein Wille wird, da er sich auf den anderen überträgt, für sich selber zum Geheimnis.

Jean Baudrillard, ›Transparenz des Bösen. Ein Essay über extreme Phänomene.‹

jemand schreibt einen zettel

Er *weiß*, daß sie da ist. Sie ist schon wach, das merkt er ganz genau. Er beschließt, sich noch eine Weile schlafend zu stellen, vielleicht geht sie dann einfach. Vorsichtiges Blinzeln in Richtung Armbanduhr, es ist schon nach ein Uhr. Und wenn er den ganzen Tag so daliegt, das ist es wert. Alles ist besser, als mit ihr reden zu müssen. Oder gar gemeinsam frühstücken.

Sie bewegt sich ziemlich oft, glaubt anscheinend, ihn dadurch aufwecken zu können. Ihr Knie stößt ganz leicht gegen seinen Rücken. Ein schönes Knie eigentlich, glaubt er sich dunkel erinnern zu können. Und wenn schon, er wird durchhalten. Nur nicht bewegen. Etwa eine Stunde später gibt sie endlich auf. Er erkennt ihre Silhouette durch seine Wimpern hindurch. Sie sammelt ihre Sachen ein, verschwindet im Bad. Hoffentlich gehört sie nicht zu denen, die eine ganze Stunde darin verbringen können, denkt er. Kann sein, daß sie ganz in Ordnung ist. Gestern nacht war sie es, sogar unterhalten konnte er sich mit ihr. Aber da war er auch ganz schön voll und alles war leicht und dunkel.

Wer weiß schon, ob sie sich jetzt noch etwas zu sagen hätten? Das Risiko ist es nicht wert, wenn nämlich nicht, dann wird es richtig unangenehm. (*Na, hast du gut geschlafen? – Mmh. – Fandest du es auch so schön wie ich, gestern nacht? – Mmh. – So, und jetzt frühstücken wir schön und danach könnten wir eine Beziehung miteinander anfangen, was meinst du? – Mmh. Das heißt: Nein. Nein, aber nimm's nicht persönlich, ja?)* Dann schon lieber die Augen zupressen und den eingeschlafenen Arm ignorieren. Allzu lange kann es ja nicht mehr dauern.

Die Badezimmertür öffnet sich, er nimmt seine unbewegliche Haltung wieder ein. Stellt sie sich so vor, wie sie nachts aussah: mit dem braunen Rock auf Knielänge, den Stiefeln und diesem leicht transparenten Hemdchen. Sie muß jetzt mitten im Zimmer stehen, bewegt sich nicht. Er spürt ihren Blick, ist sicher, daß sie ihn durchschaut. Dann kommt sie auf ihn zu, die Dielen unter ihr knarren. Verdammt, sie wird ihn doch nicht wecken? Er atmet schneller, seine Lider flattern, und jeder Idiot muß jetzt merken, daß er sich schlafend stellt. Sie kniet offenbar direkt vor ihm, und dabei starrt sie ihn todsicher an. Wenn er jetzt nachgibt und scheinbar gerade aufwacht, muß er sein nicht vorhandenes schauspielerisches Talent enorm strapazieren. Nix da. Es ist seine Wohnung, sein Bett und seine Ruhe, die er haben will. Also bleibt er liegen, stocksteif, und fast vergißt er zu atmen. Sie fummelt an irgend etwas auf dem Boden neben dem Bett herum, Papier raschelt. Ein Stift kritzelt, dann Schritte in Richtung Tür, und weg ist sie. Na bitte, geht doch.

Er massiert seinen Arm und ärgert sich. Ärgert sich auf dem Weg in die Küche, stopft sich grummelnd ein paar trockene Kellog's in den Mund und ärgert sich noch, als er unter der Dusche steht. Beim Rasieren wird er richtig wütend. Schneidet sich natürlich die halbe Wange auf und liest dann den Zettel noch mal, den sie geschrieben hat

Guten Morgen!
ich hoffe, Du hast Dir nichts verrenkt, bei Deiner überzeugenden Darstellung. Hoffentlich warst Du beim Ficken nicht ganz so verkrampft, ich hatte zumindest nicht den Eindruck.
Mach's gut.

Blöde Kuh. Die denkt wohl, er wäre zu feige gewesen, sich mit ihr zu unterhalten. Dabei hatte er einfach keine Lust dazu, das wird ja wohl noch erlaubt sein. *Beim Ficken nicht ganz so verkrampft.* Ganz schön dreist. Sie kommt sich bestimmt enorm locker vor. Hat das bestimmt in irgendeinem Film gesehen und schon lange vorgehabt, endlich auch mal so einen Abgang zu machen. Seinen Rasierer hat sie auch benutzt und ihn nicht mal sauber gemacht. Im Spiegel sieht er den Schnitt auf seiner Wange und langsam findet er sie wirklich blöd.

Er wollte ja gar nicht, daß sie zu ihm gehen. Das versucht er eigentlich immer zu vermeiden, und er hat seine Gründe. *(Laß sie einmal in dein Heim und du wirst sie nie wieder los.)*

Die letzte, die er ausnahmsweise mit nach Hause genommen hat, verschwand erst am übernächsten Tag wieder. Blieb einfach da, verteilte ihre Schminke auf seiner Badezimmerablage und ging die nächsten vierundzwanzig Stunden nicht mehr weg. Auf diese Weise hatte er gleich viermal Sex an einem Wochenende, ein Umstand, der die Belagerung einigermaßen erträglich machte. Auch diesmal hatte er kein gutes Gefühl gehabt, aber sie erzählte etwas von einer Wohnung weiter außerhalb, und er hatte keine Lust dorthin zu fahren.

Es klingelt, das wird T. sein. Gleich nachdem er auf den Knopf mit dem Schlüsselsymbol gedrückt hat, zuckt er zusammen. Und wenn nicht? Wenn es nun diese unglaublich clevere Wohnungsbesetzerin ist, die ihm eine Falle stellt? Er sieht sie schon die Treppe hochkommen, fröhlich mit einer Tüte frischer Brötchen wedeln. Die Schritte, die durchs Treppenhaus hallen, scheinen eindeutig männlicher Natur zu sein, dennoch schwört er sich: Nie wieder, nie wieder wird er eine Frau aus diesem einen Grund in sein Reich lassen, dann fährt er schon lieber in irgendwelche Vororte, wenn es denn sein muß. *(Es sei denn, ihn erwischt es mal wieder, dann weiß er schon, daß er nicht konsequent sein kann. Aber dieser Gedanke ist irgendwo in der hintersten Ecke seines Hirns begraben, einer Ecke, in der er schon lange nicht mehr Staub gewischt hat.)* Diesen Streß ist es wirklich nicht wert, er fühlt sich ja richtiggehend verfolgt, und das in seinen eigenen vier Wänden.

Später sitzen sie in T.s Wagen und fahren in Richtung Wald. Eigentlich hatte der vor sich neue Schuhe zu kaufen, aber das ist nicht der Tag zum Herumdrängeln und Gedrängeltwerden in der einkaufswütigen Stadt.

Sie beginnen eine halbherzige Diskussion darüber, ob T. sich die Bowlingschuhe kaufen wird, die er in einem nicht gerade preiswerten Geschäft gesehen hat.

»Ich muß solche Schuhe haben, das steht fest. Ich weiß nur noch nicht, ob ich sie in einem Laden dieser Art kaufen und dafür vierhundert Mark hinlegen soll.«

Er versucht die vorbeihuschenden Bäume zu zählen. Siebenundzwanzig, achtundzwanzig. Sagen muß er nichts zu dem Thema, T. braucht manchmal nur das Gefühl, daß jemand ihm theoretisch zuhört.

»Denn Tatsache ist: es muß dieselben Schuhe auch in einem ganz normalen Sportgeschäft geben, vielleicht sogar in einem der Läden, in die man sonst keinen Fuß setzen würde. Du weißt schon, wo es nur braune, beige und weiße Schuhe gibt, die alle diese Entlüftungslöcher vorne drauf haben. Einem Oma-Laden.«

Dreiundfünfzigvierundfünfzigfünfundfünfzig. Bald fängt der Wald an, da wird er nicht mehr mithalten können.

»Die Sache läuft doch so: nur weil diese Art Schuhe jetzt plötzlich entdeckt wurden, kauft jeder sie für vierhundert, obwohl sie in den Geschäften, in die sonst keiner geht, schon seit Jahrzehnten für achtundneunzigneunzig rumstehen.«

Er gibt auf. Zu viele Bäume, sie haben das Umfeld der Stadt hinter sich gelassen. Außerdem beschließt er, nun doch einen Beitrag zu T.s Überlegungen zu leisten.

»Ich bitte dich, ist doch klar: denk doch nur mal an die Prada-Schuhe, mit dem Taucherprofil. Kein Mensch hätte sich noch vor ein paar Monaten damit auf die Straße gewagt, weil sie viel zu lächerlich aussehen. Dabei gibt's die sicher auch seit Jahrzehnten in jedem Sportgeschäft.«

Auf dem Weg durch den Wald geht T. ein Licht auf.

»Es liegt an der Art, wie so was vermarktet wird. Ganz klar. Die Leute denken, wenn sie so was kaufen, daß sie etwas ganz Individuelles, Neues erworben haben. Dabei wurden sie nur geködert. Sie tragen es dann solange, bis sie merken, daß auch der letzte Idiot dahintergekommen ist. Dann entdecken sie etwas anderes, von dem sie ebenfalls glauben, daß sie es als erste und einzige entdeckt haben. Vielleicht sollten wir in die Modebranche einsteigen, was meinst du?«

Sie setzen sich auf den großen Stein am Bach, und T. baut etwas zusammen, das seine Laune sicher bessern wird. Seit einiger Zeit ist das zur Gewohnheit geworden, jeden Samstag fahren sie hierher und immer an dieselbe Stelle. Bald ist Sommer, und dann können sie vielleicht mal wieder eine Nacht hier verbringen. Er nimmt die Tüte entgegen und zieht einmal kräftig daran. Über ihm die Baumwipfel und ein paar kleine Wolken, die Fangen spielen.

Früher mußten seine Eltern ihn richtiggehend dazu zwingen, mit in die Natur zu fahren. Er trottete dann immer maulend hinter der Horde seiner Verwandten her. Sonntäglichen Verdauungsspaziergang, nannten sie das perverserweise, aber wehe, wenn er mal »Scheiße« sagte. *(Guck mal da, so ein schöner Vogel!)* Er haßte es, versuchte mehr als einmal seinen Game-Boy heimlich mitzunehmen, ein Unterfangen, das meist erfolglos war. Entweder, weil Tetrisspielen im Laufen nicht funktionierte, oder weil seine Mutter es ihm wegnahm. *(Jetzt genieß doch mal die Natur, mußt du denn immer dieses Ding mitnehmen?)* Seine verblödeten Cousins rannten ständig um ihn herum und zeigten ihm Tannenzapfen oder wollten, daß er ihnen sein heiliges Taschenmesser gab. Was er natürlich nie tat.

Er befeuchtet die Glut am oberen Rand und überlegt, ob er möglicherweise alt geworden ist, weil er jetzt gern im Wald ist. T. hat eine andere Erklärung dafür, als er ihn danach fragt.

»Du hast doch auch *Shampoo-Planet* gelesen, oder? Kannst du dich an die Stelle erinnern, in der er mit seiner Freundin den letzten Wald in der Umgebung sucht, der, als sie ihn finden, gerade abgeholzt wird? Wahrscheinlich haben wir als Kinder einfach nicht kapiert, daß Wälder vielleicht nicht mehr da sind, wenn wir in Rente gehen.«

»Na bitte, sag ich doch. Wir sind alt geworden.«

T. hat sein Faible für sterbende Wale und Wälder durch seine neue Freundin entdeckt, behelligt ihn jedoch normalerweise nicht damit. Zum Glück ist die nicht mitgekommen. Mit Grauen erinnert er sich daran, als sie vor ein paar Wochen das erste Mal zu dritt hier waren. *(Guck mal, so ein schöner Vogel! hat sie gesagt, genau wie seine Mutter.)* Er für seinen Teil entspannt sich ganz einfach gern hier, raucht eine Tüte und betrachtet die Wolken. Ob die Welt wegen der Jahrtausendwende untergeht oder bald keine Wälder mehr da sind, ist ihm herzlich egal. Und wenn er einen Vogel sieht, der schön ist, behält er es für sich. Meist sieht er aber keinen, eigentlich mag er gar keine Vögel.

»Sag mal, wie ist es denn eigentlich gestern noch mit dem Mädel gelaufen? Hast du dich noch nett unterhalten?«

T. grinst blöd. Anzüglich, und normalerweise ist das schon in Ordnung so. Diesmal nicht. (*Beim Ficken nicht ganz so verkrampft.*)

»Ja, ja. War ganz nett. Ein bißchen unentspannt vielleicht, kennst ja die Sorte.«

T. kichert, er wird immer gern kindisch, wenn er was geraucht hat. Sie überlegen, ob sie einen Staudamm bauen sollen, entscheiden sich aber dagegen.

»Morgen geh ich in den Laden und dann kauf' ich mir die Bowlingschuhe für achtundneunzigneunzig.«

mehr als eine tupperbox und doch fehlalarm

Wenn die Welt heute untergeht, dann ist es wegen der Dinge, die nie einer sagt. Obwohl ihre Augen noch nicht mal ansatzweise planen aufzugehen, sind die Worte da. Sie hat sich bisher nicht gestreckt, den mißtrauischen Blick zur Uhr noch nicht riskiert und kein einziges Körperteil bewegt. Trotzdem sind sie da, die Worte. Nicht bedrohlich, oder auch nur beunruhigend. Sie sind einfach nur das erste, das dieser Samstagmorgen für sie bereithält.

Unter der Dusche verdünnt sie den letzten Rest Shampoo mit Wasser und drückt ihn über dem Kopf aus. Atmet das leicht parfümierte Aroma ein und freut sich ein wenig auf das saubere, neue Gefühl, das sie gleich haben wird. Es stimmt, die Dinge wären es, die die Welt untergehen lassen könnten. Neben ihren Füßen verschwindet das Wasser, das zuvor über sie gelaufen ist und spült den gestrigen Abend weg. Nikotinreste, Alkoholspuren und zumindest einen Teil der Lügen. Sie weiß nicht recht, ob ihre kleinen, teilweise aus reiner Höflichkeit geäußerten Unwahrheiten wirklich dazu beitragen könnten. Aber sie glaubt, daß sie zu denen gehört, die am Untergang beteiligt wären. Am Fenster, mit ihrem Kaffee in der Hand, sieht sie, wie unten auf der Straße alles seinen gewohnten Gang geht. Heute wird nicht der Tag sein, dafür hat er viel zu banal angefangen. Aber gestern nacht, da war sie ganz sicher.

Wie fast immer war sie nur wegen ihrer Freundin G. auf einer dieser Partys gelandet. Noch bevor sie eigentlich vorhatte zu gehen, und mitten in einem Gespräch fing es an. Sie hörte zu, wie jemand *(es war jemand, dessen Namen sie sich einfach nicht merken konnte, ein Mann)* etwas über seine Pläne nach dem Studium erzählte. Um sie herum die Musik, der ja doch keiner zuhörte. Die Hände, alle mit irgendeinem Glas beschäftigt. Die Gesichter, fast ausnahmslos in Bewegung, ob erwartungsvoll oder routiniert. Sie gab Kommentare von sich, manche davon sogar ernst gemeint. Merkte schnell, daß ihr Gegenüber genausogut ohne ausgekommen wäre. Ließ es dann, nickte in großzügig bemessenen Abständen und dachte an etwas anderes. Daran. Warum der Mensch vor ihr diese Dinge erzählte, an die er selbst nicht glaubte, und warum sie so tat, als sei sie interessiert. Ließ den Blick schweifen und bemerkte auf Anhieb Dutzende ähnlicher Konstellationen um sich herum. Meist standen sie zu zweit, einer sprach, der andere hörte zu. Oder tat so. Es machte sie krank.

Kurz darauf ging sie, unfähig, sich selbst auch nur eine Sekunde länger dort ertragen zu können. Sich, die zu einer Art Projektionsfläche verkümmert war, nicht die anderen mit ihrem Gequatsche. Denn die schienen zumindest daran zu *glauben*, daß sie sich füreinander interessierten. In gewisser Weise legitimierte das ihr Bleiben. Vielleicht gar ihr Leben.

Es gab einmal eine Zeit, in der hatte sie das nicht so empfunden. In der ging sie in Bars oder Clubs, alleine oder mit Freunden, und in der glaubte sie, sich dort zu amüsieren. Sie fragt sich, ob die Menschen, die sie kennen oder ihr zuhören, sie auch manchmal so belanglos und unaufrichtig finden. Ob sie auch manchmal den Eindruck haben, diese großartige Inszenierung um sie herum sei zwar eine nette Idee, bisweilen aber doch ein wenig zu sparsam umgesetzt.

Als Kind hat sie manchmal gedacht, der Rest der Welt diene nur als Kulisse für ihr Leben. Alle Menschen darin seien nur Pappmachéfiguren, mit täuschend echten Requisiten ausgestattet, um sie glauben zu lassen, es gäbe sie tatsächlich. Jetzt ist sie Mitte zwanzig und manchmal hat sie geglaubt, sie hätte genug Beweise gesammelt. Dafür, daß es *die anderen* wirklich gibt. Daß sie nicht, nachdem sie ihr begegnet sind, einfach mit einem Plopp! verschwinden und sich beim nächsten Wiedersehen wieder materialisieren.

Natürlich, sie hätte irgendwann zu dem vor sich hin Erzählenden *(eines der wenigen Worte, an das sie sich erinnern kann, war »persönliches Lebensziel« oder »individuelles Lebenskonzept«, und es fiel ziemlich oft)* sagen sollen, daß sie kein Diktiergerät sei. Daß er seine Ansammlung von Belanglosigkeiten genausogut einer Minikassette anvertrauen könne. Oder aber, daß er ihr doch einfach sagen solle, was ihn wirklich beschäftigt. Weil sie sich dann vielleicht tatsächlich mit ihm unterhalten hätte können.

Sie hat nicht, und nun sitzt sie hier und hätte doch gerne.

Kein Wort hat sie darüber verloren, daß es ein Rätsel für sie ist, wie Menschen in Bars gehen können, um dort derartige Nichtigkeiten von sich zu geben. Wie sie sich gegenseitig ihre Luftblasen überstülpen, dem anderen möglicherweise überhaupt nur deshalb den Zuhörer vorspielen, damit der kurz darauf dasselbe für sie tut.

Auf dem Weg nach Hause hat sie dann die Klappe des *(Kommunikations-)*Müllschluckers geöffnet und ihr Desinteresse hineingeworfen. Einen weiteren kleinen, hygienisch verpackten Frischhaltesack mit geheuchelter Anteilnahme hinzugefügt. Bis sie dann darüber nachdachte, was eigentlich mit den kleinen Frischhaltesäckchen passierte. Wenn nämlich jeder sie so unbedacht wie sie entsorgte, müßte es doch ein ganzes Lager, eine riesengroße Halde davon geben. Da liegen sie dann, all die kleinen Säckchen. Sie gären und schimmeln, verwesen zu etwas, dessen Ausmaß immer bedrohlicher wird. Daß sie stinken, ist klar. Woher sonst käme das alte Sprichwort: Hier riecht's nach Lüge?

Jeder weiß, daß sich Gärungsprozesse in geschlossenen Behältern zu etwas Hochexplosivem entwickeln können. Sie fragte sich, wie eine Explosion der Frischhaltesäckchen wohl aussehen könnte. Es wäre ja nicht nur eine vergessene Tupperbox im Kühlschrank, die irgendwann von alleine aufgeht und ihren übelriechenden Geruch verbreitet. Oder eine überreife Frucht, die einfach platzt. Es wären Millionen, vielleicht Milliarden Tonnen Unaufrichtigkeit und Heuchelei, die ein wahres Feuerwerk verursachen könnten. Ganz zu schweigen von den tatsächlichen, den bewußt entstandenen Lügen, für die natürlich niemand eine Sondermülldeponie eingerichtet hat.

Sie konnte sich einfach nicht vorstellen, was für eine Lawine sich dann entladen würde. Schlief dann irgendwann ein, und beim Aufwachen war es klar: es wäre wegen den Dingen, die nie einer sagt. Daß die Welt untergeht.

Später im Supermarkt überzeugt sie sich noch einmal davon. Legt Milchtüten und eine neue Flasche Shampoo in den Wagen, während sie vorsichtig einen Blick in die Gesichter der anderen Menschen riskiert. Normalerweise vermeidet sie das, es erwartet sie ohnehin nichts Besonderes. Die geschäftigen, bisweilen mehr oder minder konzentrierten (*brauch ich neue Butter?*) Mienen, von denen die wenigsten eine längere Betrachtung lohnen. So ist es auch heute. Keine Hamsterkäufe, noch nicht einmal über das normale Maß hinausgehende Hektik. Nicht mehr, aber auch nicht weniger als das. Stabilität, das Wort des Jahrzehntes, ist wie immer und überall auch in diesem Supermarkt präsent. *(Wie sie es haßt!)*

Falscher Alarm also. Die kleinen Frischhaltesäckchen lassen sich noch Zeit, brodeln still und unbemerkt weiter vor sich hin. Die Welt wird *heute* nicht untergehen.

Und dann denkt sie: Schade. Nicht, weil sie sich das wirklich wünscht. Eigentlich nur deshalb, weil es doch nett sein könnte, wenn alle Menschen auf der Welt endlich einmal Gelegenheit bekämen, hundertprozentig dasselbe zu erleben. Weder die Zeitverschiebung noch all das, was sie sonst voneinander unterscheidet, würde diesem einen gemeinsamen Erlebnis im Weg stehen. Für einen winzigen Moment hätten alle dasselbe Interesse. Niemand könnte später bestreiten, daß es passiert ist, oder es falsch interpretieren. Sie könnten sogar darüber sprechen – wenn dafür noch Zeit bleibt –, ohne sich gegenseitig zu langweilen. Später versucht sie ein paar Zeilen darüber zu schreiben, die nicht gut werden.

Sie hat schon lange nichts mehr geschrieben, das gut ist.

ein kleines, dummes nüßchen

Die Woche hat angefangen, und er kann sich vorstellen, was das für eine Menge Leute bedeutet. Sieht sie draußen auf der Straße, wie sie in ihre Büros oder sonstwohin huschen. Mit den Brötchentüten unterm Arm in die gerade noch offene Tür der Straßenbahn springen. Er fragt sich schon lange nicht mehr, ob er irgendwann auch dazugehören wird. Zu denen, die immer genau wissen, welcher Wochentag ist. Die die Woche überhaupt nur deshalb überleben, weil sie sich ab montags acht Uhr auf ihr Ende freuen. Dann ist endlich wieder *Amüsieren* angesagt, *Ausspannen*. Die Worte jagen ihm einen Schauer über den Rücken, sie sind armselig.

Natürlich hat er diese Pläne im Kopf, diese Hoffnung, daß er sich nie in das Heer der Brötchentütenträger einreihen wird. Aber er ahnt seit einiger Zeit *(Hat es etwas mit seinem fünfundzwanzigsten Geburtstag zu tun?)*, daß die es vielleicht auch alle nicht vorhatten. Sie konnten, als sie in seinem Alter waren, noch nichts von flexiblen Arbeitszeiten wissen. Schon gar nicht von der Möglichkeit, mitten im australischen Busch per E-Mail termingerecht Aufträge abzuliefern. Oder im schottischen Hochland.

So gesehen stehen seine Chancen etwas besser, der gefürchteten Wochenendsehnsucht zu entkommen. Aber er ist nicht mehr so sicher, wenn er ihnen so zusieht, leuchtet immer häufiger diese Warnblinkanlage in seinem Hirn auf. Er hat lange versucht, sie zu ignorieren. *(Nee, nee. Mit mir nicht, hat er gesagt.)* Aber er glaubt eine gewisse Häme zu spüren, in der Art, wie er selbst sie gegenüber den Erstsemestern an den Tag legt. Wenn die mit leuchtenden Augen zum ersten Mal »Prof« anstatt »Professor« sagen. Es gibt noch mehr Anzeichen. Zum Beispiel die Tatsache, daß er in Gegenwart Älterer nicht mehr gern darüber redet. Früher hat er sie alle an die Wand gelacht, in der festen Überzeugung, daß sie ja selber schuld wären. Sie hätten sich ja schließlich einen anderen Job suchen können oder aussteigen oder sonstwas. Nicht, daß er kapituliert hätte. Er behält seine Hoffnungen nur für sich, weil er dieses so beschissen wissende Lächeln nicht ertragen kann, den nachsichtigen Ausdruck in ihren müden Augen. *(Ja, ja, Jungchen. Wirst schon sehen, sagen die Augen.)*

Manchmal murmeln sie dann was von Kreditraten oder noch offenstehenden Rechnungen für die Wohnzimmermöbel. Von Verpflichtungen, gerne auch Erhaltung des Lebensstandards. Früher hat er darüber gelacht, heute will er es gar nicht erst hören. Das ist alles, mit Angst hat es nichts zu tun.

Er muß dringend einkaufen, außer einer Dose Erbsen ist nichts mehr da. Er nimmt die kleine Stofftüte, eins der wenigen Relikte seiner letzten Beziehung zu einem weiblichen Wesen. Sie hat ihn damals so lange vorwurfsvoll gemustert, wenn er jedesmal mit einer neuen Plastiktüte vom Supermarkt kam, daß er irgendwann nachgab. Er hat sich daran gewöhnt, und irgendwie hatte sie sogar recht, auch wenn er das früher nie zugegeben hätte. *(Was allerdings einiges mit den seltsamen Ideen zu tun hatte, die sie sonst noch von sich gab.)*

Im Plus schleichen außer ihm nur zwei Punkmädels

durch die Gänge, deren Taschen derart von Bierdosen ausgebeult sind, daß auch der dämlichste aller Kassierer es merken müßte. Er merkt es nicht. Der Herrscher über zwei Kassen und unzählige Displaykartons, mit dem blonden Schnurrbart und der eitergelben Gesichtsfarbe. Der ohnehin nicht viel merkt. Der nicht weiß, wie oft er schon *das* Exempel, *die* perfekte Motivation an unimüden Tagen war. Er, der König aller Brötchentütenträger. Wenn er überhaupt Brötchentüten trägt und nicht gleich zum Arbeitsbeginn (ACHT UHR DREISSIG IST DAS!!!) eine der abgepackten Plus-Frikadellen in sich stopft, die immer angebissen neben der Kasse liegen. Wo sie dann ihr Aroma unvermindert und gasalarmverdächtig noch in zehn Meter Entfernung entfalten.

Jedenfalls gibt es Tage, an denen ein einziger Blick in die trüben Augen des Plus-Kassierers genügt, um ihn auf der Stelle und voller Tatendrang zurück zu seinen Büchern eilen zu lassen. Es kommt sogar vor, daß er seine Zigaretten dort, anstatt am Kiosk kauft. Nur um *ihn* zu sehen. Und sofort zu wissen, daß das einfach nicht der Grund sein kann, weshalb er damals das Licht der Welt erblickt hat. Daß er schnell und schön weiterstudieren muß, um nie so zu enden. Ob er nun jemals seinen Traum verwirklichen kann *(er als Boß einer Unternehmensberatung, der seinen Becks-Kasten auf der weißen Segelyacht leert und seinen fleißigen Mitarbeiterstab per Handy instruiert)* oder als Bezirksleiter einer Versicherungskette endet. So jedenfalls bitte, bitte nie.

Auch heute, passend zu seinen Überlegungen über das Erwachsenwerden, strahlt der Mann an der Kasse wieder die gewohnte Portion Unzufriedenheit aus. Zieht lethargisch die Sprudelflaschen, das Six-Pack und diverse Mikrowellengerichte über den Scanner. Tippt dann mit einer

Mischung aus halbherziger Konzentration und festentschlossenem Unmut *(er hat jedesmal das Gefühl, er hätte jemanden, der gerade kacken will, vom Klo geholt)* den Betrag des dargebotenen Geldscheines ein. Neben ihm hängt ein handgeschriebenes Schild, er muß es ganz frisch installiert haben: FÜR QUITTUNG BITTE VORHER SAGEN. Als er schon auf der Straße und die Tür hinter ihm noch nicht ganz zugefallen ist, hört er das gewohnte *Tschöhö!*, das ihn immer erst dort erreicht.

Er verbringt den Tag mit seinen Freunden Cagney & Lacey, den Simpsons und Remington Steele. Zappt in den Werbepausen zu den Nachrichtensendern und erfährt so von den neuesten *Greueltaten* Milosevics. *(Jemand müßte Rudi verbieten, über solche Dinge zu reden, findet er – egal wie wahnwitzig das Ausmaß dieser auch sein mag, wenn Rudi es ausspricht, muß es lächerlich wirken.)* Solcherlei Geschehnisse sind ihm nicht recht. Er befürchtet, daß sie schon bald mehr in sein Bewußtsein dringen könnten, als sie es seiner Meinung nach sollten. Nicht wegen den möglicherweise gefährdeten deutschen Tornadopiloten. Menschen, die Bomberpiloten werden, sollten ein gewisses Berufsrisiko einkalkulieren, findet er. Es sind die Gesichter der Flüchtlinge, die nicht alle von CNN gekauft sein können. Sie machen ihn nervös, wenn sie so in die Kameras stieren. Er ist manchmal kurz davor, zu glauben, daß es ihnen wirklich dreckig geht. Eigentlich ist er fast sicher, und das paßt ihm erst recht nicht.

In einer Werbepause *(Cagney hat wegen der bevorstehenden Verlobung doch noch kalte Füße bekommen, und er ist ungeheuer erleichtert)* gerät er in die nächste Nachrichtensendung. Es ist eine im Stil Menschen-Bilder-Emotionen, mit denen er nichts anfangen kann. Die tränennassen Augen der Mütter, Kinder, Opas, Omas, Flüchtlinge.

Sie übersteigen sein Begriffsvermögen. Ähnlich wie die Begriffe »humanitäre Katastrophe« oder »ethnische Säuberung«, die mittlerweile zum kommunikativen Rüstzeug jedes Fernsehzuschauers gehören. Humanitär, sanitär. Anfangs hat er versucht, zu verstehen. Hat sich historische Unterhaltungssendungen aus der Knoppschen Fabrik angesehen. Hat nichts genützt. Diesmal ist der sogenannte Krisenherd leider nicht weit genug entfernt, um ihn schon rein geographisch nicht in seine Welt einordnen zu können. Es ist sehr nah, er war da mal in Urlaub. Irgendwo am Meer, vielleicht war es auch woanders.

Dennoch. Nichts von dem, was da unten passiert, findet Zugang zu seinem Gehirn. Nicht die Gründe, nicht die Tatsache, daß sein Land zum ersten Mal ein anderes bombardiert *(alle reden darüber und tun, als wüßten sie, was es bedeutet)*, nicht die ARD-Brennpunkte und schon gar nicht die ganze Recht-Unrecht-Diskussion erscheinen ihm realer als ein Playstation-Spiel. Die Ticker mit den Neuigkeiten und die vielen bunten Bildchen, hübsch nebeneinander arrangiert, sie sehen ja auch fast genauso aus.

Fast hätte er Laceys Loblied auf die Ehe verpaßt, und das wäre ärgerlich. Später, während einer mit minderwertigen Popsongs untermalten Tittenparade bei Baywatch, klingelt das Telefon. Es ist T., und er hört sich nicht gut an.

»Hast du schon gesehen? Sie setzen sie ab dem 26. ab. Einfach so, statt dessen kommt jetzt immer 21 Jumpstreet. Es ist ein Jammer, nichts ist mehr heilig heutzutage.«

Mit ein paar aufmunternden Worten beruhigt er seinen aufgeregten Freund, verspricht ihm, die letzten Cagney-&-Lacey-Folgen auf jeden Fall aufzuzeichnen. T. scheint noch etwas anderes zu beschäftigen, und sie verabreden sich für abends.

Es handelt sich wie erwartet um ein Frauenproblem. Eines, das sein bester Freund in seiner Eigenschaft als Mann hat, aber nichtsdestotrotz ein Frauenproblem. Er kennt das, hat sich für sein Empfinden lange genug damit herumgeschlagen. Sie haben ein Problem, man sollte meinen, sie wären fähig es zu lösen, aber Schwupps – ist es ein Frauenproblem, das ein Mann hat. Sie lehnen an der Bar und trinken Capirinhas.

»Ich versteh das einfach nicht. Alles ist so gut gelaufen.«

T. wirft ihm einen beschwichtigenden Blick zu und sagt »Ich weiß, ich weiß. Du siehst das wieder anders, aber für mich – für meine Vorstellungen ist es gut gelaufen. Und ich dachte echt, sie wäre anders. Nicht so kompliziert. Ich dachte, mit ihr würde es nie diese Komm-jetzt-laß-uns-mal-ehrlich-über-uns-reden-Abende geben. War wohl doch nicht so.«

Er spürt ganz deutlich, daß sich in ihm Freude breitmacht. Keine Schadenfreude, nein, er könnte T. nichts Böses wünschen. Aber er weiß es schon lange, schon als er sie das erste Mal gesehen hat, wußte er es. Und jetzt sieht er das unvermeidliche *(so hofft er, ja, das gesteht er sich ein)* Ende nahen. Sieht sich und T. wieder allein im Wald oder am Fenster sitzen und Bierflaschen schwingend über all die Dinge reden, von denen T. seit einiger Zeit nichts mehr wissen will. Komische Frauen, zum Beispiel.

»Andererseits hat sie vielleicht recht. Ich war ja wirklich nicht sehr aufmerksam, in der letzten Zeit. Die Klausuren, du kennst das ja. Und ihre Probleme mit der Schauspielschule hab ich manchmal einfach ignoriert. Dabei machen sie sie wirklich fertig da. Die wollen, daß sie im Becken atmet – oder so ähnlich –, und sie kann das einfach nicht. Hat wirklich ein Problem damit.«

Er sieht die schönen Abende samt der Bierflaschen dahinschwinden. T. trinkt nämlich kein Bier mehr, weil *sie* findet, das stinke so eklig. Statt dessen trinkt er neuerdings Weißwein und manchmal sogar einen Cocktail. Herrjeh.

»Ich glaube, du solltest einfach wieder mehr Bier trinken. Frauen sind so, sie sind alle so. Glaub mir, ich hab auch oft genug gedacht, es gäbe Ausnahmen. Vergiß es, am Anfang tun sie immer ganz locker und spielen die Unkomplizierten. Bis sie irgendwann meinen, dein Lieblingspulli würde dich blaß machen. Und dir einen neuen kaufen, den du dann immer schön anziehen sollst.«

Er will lieber nichts davon erzählen, was sie sonst noch so auf Lager haben, wenn der Zauber der ersten Wochen vorüber ist. Das mit dem Lieblingspulli ist an seinen Erfahrungen gemessen noch harmlos. Er hatte mal eine Freundin *(daran denkt er nur selten und widerwillig)*, die offenbarte ihm nach Ablauf dieser Frist ganz andere Abgründe. Es ist Jahre her, aber er erinnert sich noch gut an ihre Spinnereien.

T. ist unschlüssig. Hin- und hergerissen zwischen Erfahrungswerten und seinem Schwanz, der schon halb aus der Kneipe raus ist. Um an ihrer Wohnungstür zu kratzen und die ganze Schuld bereitwillig auf sich zu nehmen.

Er denkt darüber nach, wie er ihm die Augen öffnen kann, als sie plötzlich dasteht. Neben ihm. Diesmal nicht in dem kleinen Hemdchen. Ein enger schwarzer Rolli ist es heute. *(Er registriert all das viel zu schnell, für sein Empfinden. Es muß an dem enttäuschten Testosteron liegen, das T. in seiner Verzweiflung rohrbruchartig versprüht.)* Sie steht nur da und grinst, nimmt ein paar Erdnüsse aus der Schale auf der Theke. Steckt sie sich in den Mund, und später wird er wissen, daß das der Anfang vom Ende war. Das kleine, dumme Nüßchen, das ganz nonchalant ihre rot angemalte Lippe berührte und gemeinerweise dafür sorgte, daß er die Spitze ihrer Zunge sah.

Sie bestellt ein Bud und scheint nicht weggehen zu wollen. Offenbar ist sie allein hier, er kann niemanden entdecken, der auf sie wartet. Dann dreht sie sich zu ihm und schenkt ihm ein derart schamloses Lächeln, daß er am liebsten seine Eier festhalten würde. So erschüttert ist er. Ihr Gesicht strahlt eine gewisse Angriffslust aus, wenn er nicht aufpaßt, wird sie ganz sicher versuchen, ihm eins auszuwischen. *(Beim Ficken nicht ganz so verkrampft – das will ihm einfach nicht aus dem Kopf.)* T. murmelt etwas, das sich so anhört wie »Mal kurz telefonieren gehn«, und weg ist er. Auch gut, dann kann er wenigstens gleich zur Sache kommen. Ihr deutlich und ganz ruhig sagen, daß sie sich vom Acker machen soll. Sicher findet sie für diesen Abend einen anderen, dessen Rasierer sie benutzen und dem sie einen frechen Abschiedsbrief schreiben kann. Eine weitere Erdnußportion passiert ihre Lippen, und da ist sie wieder, die verhängnisvolle Zungenspitze, und er hört sich statt dessen fragen

»Was hast du noch vor?«

Von diesem Moment an geht alles sehr schnell. Noch bevor T. wiederkommt, hat er sie das erste Mal berührt. Ein Zufall eigentlich, schuld ist sein Glas, das zu nah an der Erdnußschale steht. Ihre Hände streifen sich, und den Rest erledigt ein erneutes, noch viel schamloseres Lächeln als das vorherige. Es breitet sich auf ihrem Gesicht aus, wird von seinen Augen aufgenommen und durch eine kurzzeitige Irritation in seinem Kopf *(oder ist es* sein *Hormonspiegel?)* zieht es Sekundenbruchteile später seine eigenen Mundwinkel auseinander.

Als T. wiederkommt, ist es schon zu spät. Wie erwartet verabschiedet er sich dann auch gleich, um ein klärendes

Gespräch mit der Retterin der Wale zu führen. Eine Entscheidung, die noch Minuten vorher heftig diskutiert worden wäre, wird widerspruchslos hingenommen.

»Ja, ja. Geh nur.«

Das Erdnußmädchen trinkt ihr Bier aus, und dann stehen sie vor der Tür, heben im selben Moment den Blick zum Himmel. Er denkt: Wenn sie jetzt irgendeinen Schwachsinn über den Mond sagt, dann wäre das vielleicht die letzte Chance. Zum Abhauen, alleine nach Hause gehen und später froh darüber sein. Sie fragt statt dessen

»Hast du Bier zu Hause?«

Sie gehen mehr oder weniger schweigend die drei Minuten bis zu seinem Haus. Im Treppenhaus, vor seiner Wohnungstür, stellt sie die nächste Frage

»Willst du Sex?«

Als erstes fällt ihm das seit Wochen kaputte Treppenhauslicht und der faule Hausmeister ein, der dafür verantwortlich ist. Danke, denkt er. Denn so sieht sie nicht, daß er rot wird. Etwas, das ihm schon seit dem Ende der Pubertät nicht mehr passiert ist. *(Denkt er; tatsächlich lief er das letzte Mal rot an, als er seine mißglückte Schlafnummer vorführte und sie auf dem Boden neben ihm kniete.)* Der zweite Gedanke gilt der unangenehmen Frage, ob sie vielleicht als nächstes ihre Tarife zum besten gibt, weil die Art der Fragestellung ihm etwas zu lapidar erscheint. Der letzte Gedanke hat dann unmittelbar etwas mit der Frage an sich zu tun und ist nicht besonders konkret. Eher ein Getöse im Kopf, etwas wie: Ja! Ja!

Sie scheint jedoch keine Antwort zu erwarten, und das ist ihm auch recht. In der Wohnung machen sie es dann. Es gefällt ihm, am Wochenende war er zu betrunken, um das zu beurteilen. Aber jetzt findet er ihre Beine um seinen Körper gut, auch ihre Hände in seinen Haaren und die Zungenspitze, die sich ihm nun endlich entgegenreckt. Zuerst irritieren ihn die Geräusche, die sie von sich gibt. Nicht, daß sie laut wären – das kennt er, viele Frauen machen das. Es ist nicht das übliche Quieksen oder die kleinen, spitzen Schreie. Nein, sie gurrt. Beim ersten Mal sieht er erschrocken auf, denkt, etwas im Zimmer müsse für die Geräusche verantwortlich sein. Dann stellt er fest, daß sie es ist. Und daß es nicht wirklich aus ihrem Mund kommt, sondern von irgendwo anders her. Es ist sehr tief und stellenweise nah am Knurren, aber es kommt aus ihr. Aus ihrer Kehle. Nun gut, er wird sich nicht ablenken lassen davon. Schließlich will er auf keinen Fall *verklemmt* wirken. Am Anfang denkt er noch einmal kurz daran, daß er diesen Eindruck wirklich auf jeden Fall vermeiden sollte. Dann denkt er nicht mehr.

khaki und beige

Dieser Idiot hat tatsächlich angerufen. Weiß der Himmel, woher er ihre Nummer hat. Wahrscheinlich von irgend jemandem, der meinte, ihr damit etwas Gutes tun zu können. Es ist Sonntag, sie ist schon gegen fünf aufgestanden. Bald kommt der Sommer, dann muß sie noch früher raus. Wenn sie die dunklen, toten Stunden nutzen will. Morgens, wenn ihre Mitbewohner schlafen oder noch gar nicht zu Hause sind, das ist ihre Zeit. Draußen und drinnen dieselbe Grabkammeratmosphäre, dann ist sie die Entdeckerin des neuen Tages. Außer Nachtwächtern und vielleicht Krankenschwestern ist niemand wach um diese Zeit, und das ist gut so.

Die Welt ohne Menschen sehen, ohne die Geräusche, die sie produzieren. Ohne ihren Geruch. Wenn sie alle in ihren Käfigen sind und schlafen. Dann gibt es nur die Stadt, die aussieht wie nach einer atomaren Katastrophe. Und sie, die ihre Gedanken durch die leeren Straßen schicken kann, wo sie von niemandem aufgehalten werden.

Als das Telefon klingelt, ist sie ganz sicher, daß es um diese Zeit am Sonntag nur ihre Freundin G. sein kann, die wahrscheinlich gestern nacht die Liebe ihres Lebens getroffen hat. Weit gefehlt. Sie erkennt die Stimme vom letzten Wochenende auf Anhieb und wünscht sofort, sie hätte den Anrufbeantworter drangehen lassen.

»Hallo, ich hoffe du erinnerst dich an mich? Wir haben uns auf der Party so nett unterhalten.«

Sie überlegt. Ganz automatisch beginnt sie, die kleinen Würfel zu malen, wie immer, wenn sie sich konzentriert. Was tun? Was sagen? Die Wahrheit? Ihr Blick fällt auf die Zeilen neben den Würfeln.

Vergilbter, noch zuckender
Auswurf verklebt
Melitta-Toppits-Beutel
oben verknotet

Es soll der erste Teil einer Trilogie über die Sache mit den gärenden Säckchen werden, und sie findet ihn jetzt schon schlecht. Richtiggehend Scheiße findet sie ihn. Ähnlich wie die Stimme am anderen Ende der Leitung, die auf eine Antwort wartet.

»Ja, ja. Ich erinnere mich.«

Einfach auflegen? Das wäre konsequent, wenn auch feige. Eine peinliche Sache. Hier sitzen und sich hübsch arrangierte Worte über Heuchelei ausdenken und in der Praxis den Schwanz einziehen. Sie beschließt, den ohnehin langweiligen Kerl als Präzedenzfall zu mißbrauchen. Ein Exempel statuieren, das ist sicher auch der Inspiration dienlich.

»Hallo? Bist du noch da? Ich wollte dich eigentlich fragen, ob du Lust hättest, heute nachmittag einen Kaffee mit mir trinken zu gehen.«

»Nein.«

Sie schwitzt ein wenig, spürt, wie ihr Puls einen Zahn zulegt. So also fühlt sich Aufrichtigkeit an.

»Ähm, ach so, du meinst – sorry, wie bitte?«

Ist das aufregend!

»Ich meine, daß ich keine Lust habe, mit dir einen Kaffee trinken zu gehen.«

Ein bißchen leid tut er ihr schon. Aber zu spät, die Sache muß sauber zu Ende gebracht werden. Er räuspert sich, lacht unsicher und irgendwie nervös. Nie könnte sie für einen Menschen, der auf diese Weise lacht, ihren ohnehin spärlichen Vorrat an Frischhaltesäckchen strapazieren.

»So, so. Na ja, dann hast du wohl etwas anderes vor? Wenn du willst, rufe ich morgen oder so noch mal an. Ist kein Problem, ich versteh' das schon. Hat ja jeder so seine Stimmungen, nicht wahr?«

Er macht wieder das stockende Hehe-Geräusch, das sicher ein entspanntes Lachen sein soll.

»Ist keine Stimmung. Hör zu, ich will es lieber gleich sagen: Ich finde nicht, daß wir uns nett unterhalten haben. Um ehrlich zu sein, hast du mich sogar enorm gelangweilt. Und deshalb habe ich keine Lust, mich mit dir zu treffen.«

Sie glaubt, daß sie es ganz gut gemacht hat. Jedenfalls verabschiedet er sich dann ziemlich schnell. Sie kann sich einen Blick in den Spiegel nicht verkneifen. Ja, doch. Eine Spur Genugtuung und auch Übermut glitzert in diesen Augen. Sie lächelt sich an und spielt das alte Spiel, das heute auf die einfache Art zu funktionieren scheint. *(Manchmal nicht, dann muß sie zu kreativeren Mitteln greifen.)* Sie betrachtet sich und versucht, sich mit den Augen eines anderen zu sehen. Kein wirklich hübsches Gesicht, zu viele Unebenheiten darin. Das eine Auge etwas niedriger als das andere, und die schmale, hohe Nase. Von der Seite ist sie eindeutig zu groß, von vorne geht es einigermaßen.

Dann der nächste Schritt. Über die äußere Betrachtung hinausgehen und das Sich-selber-Anfühlen ausschalten. Weg von dem Ich, das immer gleich ist, sich jeglicher Veränderung schlicht verweigert. Ob sie nun als kleines Mädchen mit ihrem Goldhamster spielte, der später vom Kater des Nachbarn ungestraft ermordet wurde. Sich mit fünfzehn *(viel zu spät, alle anderen hatten schon lange ihre Periode, und sie glaubte zwei Jahre lang, sie sei behindert)* ihren ersten Tampon erfolglos versuchte einzuführen. Ihrem Mathelehrer erlaubte, einmal *(wirklich nur einmal, aber es funktionierte)* an ihren unterentwickelten Brüsten herumzufummeln, damit sie in die elfte Klasse versetzt wurde. Oder ob sie zwischen all den eifrigen Studenten sitzt und sich zu Tode langweilt. Das Ich blieb und bleibt gleich. Immer ist es einfach so verdammt gleich, das Ich.

Sie kann sich damit nicht abfinden. Weil sie diese Idee hat, davon, daß es doch irgendwann anders werden muß. Wenn sie älter wird. Das Grab des Goldhamsters, im Garten ihrer Eltern, ist kaum noch zu erkennen. Ihre Brüste sind nicht bombastisch, aber auch nicht wirklich unterentwickelt. Das Studium eintönig und unbefriedigend wie eh und je, aber es stört sie nicht mehr. Sogar Tampons benutzt sie seit Jahren routiniert und ohne nennenswerte Zwischenfälle.

Und trotzdem ist in ihr drin alles beim alten. Als sei nie etwas passiert. Bis auf eines: Sie wartet nicht mehr darauf, daß es anders wird. Daß sich innen etwas verändert. Stattdessen gönnt sie sich ab und an einen Blick auf sich selbst. Von außen. Das klappt nicht immer, manchmal gibt sie nach einer Weile resigniert auf.

Heute klappt es. Jetzt sieht sie sich zu und ist wie meistens schnell beruhigt. Weil sie *sieht,* daß sie älter geworden ist. Daß ihr Gesicht nicht mehr dasselbe ist wie das tränenüberströmte beim ersten Mal Dirty-Dancing-Gucken. Weil sie *spürt,* daß die, die sie betrachtet, sich außen sehr wohl verändert hat. All das kann sie nicht, wenn sie in sich drin ist, wenn sie Ich ist. Dann ist sie die Zeit, die sie mit sich verbracht hat, die ganzen fünfundzwanzig Jahre auf einmal. Ohne Pause, ohne die geringste Unterbrechung, alles ist ein einziger breiiger Haufen.

Ob der Typ am Telefon beleidigt war? Egal. Sie beschließt, so etwas von nun an öfter zu tun. Alles, was nicht so ist wie das, was sie von sich selbst erwartet. Denn es macht sie anders, es macht sie neu. So wie andere sich eine neue Frisur machen lassen oder Selbstfindungsseminare besuchen, streift sie auf diese Art das ewig gleiche ab. Wenn das immer so leicht funktionieren würde, könnte sie vielleicht sogar die Geschichten vom Erwachsenwerden glauben. Die, die besagen, daß man im Laufe der Zeit nicht einfach dasselbe bleibt.

Gut, daß Sonntag ist. Der Tag, an dem sie einmal im Monat ihren Opa im Altersheim besucht. Die gesamte Fahrt im Bus über ist alles perfekt. Sie sitzt da, auf einem Platz am Fenster, und zugleich sieht sie sich da sitzen. Eine, wie man so sagt, junge Frau, an der alles dran ist, was nötig ist. Zwei Arme, zwei Beine, ein Kopf. Nicht die Art von Attraktivität zeichnet sie aus, die einem Betrachter auf den ersten Blick auffällt. Eher eine unterschwellige, eine auf den zweiten Blick.

Eine Zeitlang hat sie sich versucht vorzustellen, wie das funktioniert. Dachte an eine Art imaginärer Spiegelkonstruktion, die das Sich-selbst-Beobachten möglich macht. Las sogar das eine oder andere Buch über Meditation, die angeblich zu ähnlichen Ergebnissen führen kann. Aber da sie den Yogi-Sitz einfach nicht beherrscht, hat sie sich damit abgefunden, daß es immer mal wieder von alleine kommt. Mittlerweile ist sie schon froh, daß es überhaupt klappt. Daß sie sich zusehen, sich selbst betrachten kann. So wie jetzt.

Die feste Überzeugung, daß andere Menschen sie ganz

genauso sehen, wie sie jetzt gerade, das macht sie ungeheuer glücklich. Nicht so sehr, weil es sie interessiert, was die anderen an ihr sehen. Eher deshalb, weil sie sich dann überhaupt erst sicher ist, daß es sie *gibt*. Es muß schließlich so sein, denn sie selbst sieht es ja auch. *(Die Tatsache, daß sie denkt, ißt oder scheißt, reicht einfach nicht aus, als Beweis.)*

Als der Bus am Krankenhaus hält, ist es vorbei. Aber es hat heute ohnehin schon länger angehalten als sonst, deshalb ist sie nicht traurig.

Sie liebt die khaki- und beigefarbenen Wände im Altersheim, die wahrscheinlich beruhigend wirken sollen. Den Geruch, der süß ist von den alten Körpern. Scharf, von den Desinfektionsmitteln. Bitter, von den Medikamenten. Und blumig, von den ewig gleichen Mitbringseln der Familien. Sie liegen alle da, die Alten, übereinandergestapelt, und warten auf den Schlußpfiff. Manche seit Jahren, andere sind neu hier.

Eine Frau vom Pflegepersonal schiebt den Wagen mit den Blumenvasen (*die eigentlich alte Flaschen sind*) vor sich her. Es ist schon früher Abend, fast alle Besucher sind wieder nach Hause gegangen. Zurück in die Welt, in der es sofort auffällt, wenn eine Uhr den Geist aufgibt. Die Frau mit dem Wagen hat alle Hände voll zu tun, wie jeden Sonntag, fast an jeder Zimmertür macht sie halt. Am Ende des Ganges wird keine einzige Flasche mehr übrig sein, in jeder wird ein Strauß Nelken stecken und auf dem Fensterbrett stehen. Warum Blumen? denkt sie. Warum immer Blumen, ob im Krankenhaus oder im Altersheim? Weil sie jung sind, weil sie leben und gut riechen. Ob die Alten den Zynismus darin erkennen? Und warum eigentlich immer sonntags? *(Sie hört die mauligen Kinder und sieht die resignierten Gesichter der Eltern: »Ist doch nur einmal im Monat,« sagen sie, »dann haltet euch doch die Nase zu, wenn der Geruch euch so stört.«)*

Kurz vor der Zimmertür ihres Großvaters steht eine Tür weit offen. Im Halbdunkel sieht sie eine Frau am Fenster stehen, die ihren gelben Nelken mit einer Schere die Köpfe abschneidet. Angeblich soll sie »bekloppt« sein, die Frau Werner, hat eine vom Pflegepersonal ihr anvertraut.

Ihr Opa sitzt in seinem Sessel, ist *(wie immer)* eingenickt. Sie schleicht sich herein, setzt sich *(wie immer)* auf den Boden vor ihn. Bei ihm sind es diesmal weiße und rote Hollandtulpen, die am Fenster stehen. Ihre Eltern werden sie, *(wie immer)* nachmittags an der Ecke vor dem Altersheim gekauft haben. Dort macht ein junger Kroate sonn- und feiertags ein Bombengeschäft damit und natürlich mit den Nelken.

»Mußt du denn immer wieder hierher kommen? Hat ein junger Mensch wie du denn da draußen nichts besseres zu tun, als hier bei uns die verschrumpelten Leiber durchzuzählen?«

»Der Mann aus Zimmer acht, vorne am Anfang des Flurs, ist nicht mehr da, oder?«

»Er ist nicht mehr da, er ist nicht verreckt.«

Es ist ein Ritual, seit langer Zeit zelebriert und bis auf die Nummer der Zimmer gleichgeblieben. Bis auf die Tage, an denen jemand aus einem anderen Flur dran war, was sie nicht sehen kann beim Reinkommen. Dann überspringen sie eine Zeile, und sie fragt nur: *Zimmernummer?*

»Hast du ein neues Gedicht fertig?«

Auch das gehört zum Ablauf, nur daß sie bisweilen nichts Brauchbares vorzuweisen hat. Wie heute. Er spricht den letzten Satz des gewohnten Textbuches, der ist unabhängig vom Zusammenhang.

»Denk dran: Wenn sie alle dastehen und die Kiste mit

mir drin in das Loch werfen, dann schubst du den schwarzen Mann zur Seite und liest eins von deinen Gedichten vor, verstanden?«

(Wie immer) öffnet er dann das erste Mal die Augen und wartet auf ihr Nicken. Eines seiner in Brillantine gebadeten Haare rutscht von der Halbglatze hinunter in sein Gesicht. Er legt es wieder an seinen Platz und sie wartet die letzten Sätze ab.

»Kann sein, daß deine Mutter dann Theater macht, sie hat sicher schon einen Tisch im Restaurant bestellt und will futtern gehen. Mein Sohn wird vor Neid erblassen, er hat als Kind immer nur schlechte Reime über Wälder und Wiesen geschrieben. Und auch das nur, solange er von deiner wunderschönen Oma ein Stück Schokolade dafür bekam. Du mußt es aber trotzdem machen – denk dran, ich komm sonst jede Nacht als Geist zurück zu dir.«

Sie gibt ihm die Flasche Grappa. Legt den Kopf auf sein Knie und stellt die Frage. Seitdem sie in den Bus hierher stieg, ist sie da.

»Opa, wird man anders? Wenn man älter wird, ist dann die Zeit auch in einem drin vergangen, oder nur außen, auf der Haut?«

Er wollte vor zwei Jahren plötzlich unbedingt hierher. Ist weder gesundheitlich noch geistig reif für die khaki- und beigefarbene Wartehalle. Nimmt theoretisch anderen, wirklich kranken, alten Menschen einen Platz weg. Die Familie war entsetzt oder behauptete es zumindest. Aber er wollte von einem Tag auf den anderen nicht mehr draußen *(wie er es nennt)* leben. Wahrscheinlich hat niemand außer ihm und ihr bemerkt, daß es exakt der erste Todestag seiner Frau war. Seitdem sitzt er hier und zählt die Neuzugänge und die Verreckten *(wie er es nennt)*.

»Was für eine saudumme Frage. Lernst du so was in der Uni?«

Sie hält ihn für maßgeblich. Wenn er es nicht weiß, dann kann niemand ihre Frage beantworten. Er fängt an, mit seinem Taschenmesser den Verschluß der Grappa-Flasche aufzuschneiden. Seine Augen sind jedoch auf sie gerichtet, das Weiße darin ist kaum zu sehen. Wegen den roten Adern, die hatte er schon als Kind *(sie weiß es von den alten Fotos).*

»Der Krieg zum Beispiel. Es ist über fünfzig Jahre her, als dir die Granatsplitter um die Ohren flogen. Spürst du sie manchmal noch genauso, wie damals? Oder ist es heute anders, weiter weg?«

»Hör mal zu, kleines Frollein. Ich glaube nicht, daß du wirklich wissen willst, ob ich jede Nacht das Krachen höre, vielleicht auch das Geschrei der Versager neben mir –«

Sie spitzt die Ohren, jetzt ist es soweit.

»– oder nicht.«

»Doch, genau das will ich wissen. Und auch noch, ob du die fünfzig Jahre zwischendurch spürst. Sind die dann da, oder ist es, als seien sie nie abgelaufen, nie vergangen?«

Die Besuchszeit ist abgelaufen, er kneift sie in die Nase, und das ist das Zeichen. Ein einziges Mal hat sie versucht, einfach dazubleiben und weiterzureden. Er hat nicht wütend reagiert, das ist nicht der richtige Ausdruck. Statt dessen hat er sehr, sehr laut gesagt: »Du mußt keinen Respekt vor uns Alten haben, laß dir da nix erzählen. Aber wenn wir die Schnauze voll von euch haben und ihr nicht gehen wollt, können wir einfach für immer umfallen. Das ist unser Privileg und euer Verderben, weil ihr euch dann für schuldig an unserem Tod haltet. Geh jetzt!« Seitdem steht sie immer sofort auf und geht, wenn er sie in die Nase kneift. An der Tür knurrt er

»Das Buch hat mir gefallen. Bring mir noch eins von dem Kerl mit.«

Er wirft und sie fängt es auf. Im Bus verstaut sie den Bukowski-Gedichtband in ihrer Tasche. *(Irgendwie hat sie sich gedacht, daß er so was mögen würde.)* Sitzt da und betrachtet die Lichter der Autos. Rot und manchmal Orange, wenn sie abbiegen. Sie sieht all das und sich selbst nicht mehr und es ist in Ordnung so, weil sie die Gier danach im Zaum zu halten gelernt hat. Es wird wiederkommen, sie darf nur nicht drängeln.

die wette

Er wartet auf sie. Noch hält sich die Verzweiflung in Grenzen. Als sie das erste Mal 45 Minuten später als verabredet kam, wuchs mit jeder Minute die Gewißheit, daß sie ihn versetzen würde. Das zweite, dritte, vierte Mal war auch noch nervenaufreibend, dann gewöhnte er sich einigermaßen daran.

Einmal kam T. und erwischte ihn mitten in seiner Nervosität. Er hatte Kerzen angezündet, sich einparfümiert und die Art Musik, die sie so gern hört, angemacht. *Johnny Cash.* Was früher nur Idioten und Kegelbrüder offiziell hören durften, ist durch irgendeines der Tarantino-Soundtracks zu neuen Ehren gekommen. *(Ist das nicht wahnsinnig skurril? sagen die Leute und finden es hip.)* Er hat die CD für 5,90 erstanden und nur wegen ihr gekauft. Ein bißchen peinlich war ihm das schon, an der Kasse. Aber sie hat sich gefreut.

T. wußte selbstverständlich sofort Bescheid. Er ging auch gleich wieder, natürlich nicht ohne anzüglichen Kommentar.

»Du bist verloren, mein Freund. Das war's dann wohl, mit abgeklärten Kommentaren über Frauen und ihre Fallen. Ich könnt mich weghauen – den Beziehungsskeptiker schlechthin hat's erwischt.«

Noch im Treppenhaus hörte er ihn kichern. Aber sie kam dann auch, und er vergaß den Zwischenfall.

Diesmal ist sie fast eine Stunde zu spät. Nasse Haare hat sie, von der Sintflut draußen. Er kann sich gerade noch bremsen, fast hätte er ein Handtuch geholt, um ihr den Kopf trockenzurubbeln. Dabei ist Fürsorglichkeit nicht gerade seine Lieblingsbeschäftigung. Später läßt er ihr dann doch eine Badewanne ein, und dann gehen sie wieder ins Bett.

»Was ist das für ein Geräusch?«

Sie hat ihre Füße zwischen seinen Beinen plaziert, das war etwas kalt am Anfang. Ihre nackten, kalten Füße an seinen warmen, nackten Eiern. Sie sitzen sich gegenüber, hören dem Regen bei weit geöffnetem Fenster zu.

»Die Scheißtauben sind das. Sitzen immer unter der Dachrinne, wenn es regnet.«

Ganz schön warm ist es, für einen Tag im Februar. Sie geben sich der Vorfreude auf den Sommer hin. Obwohl sie wissen, daß der Winter noch nicht fertig mit ihnen ist. Daß er nur aus Schadenfreude und nur für ein oder zwei Tage ein bißchen Milde walten läßt. Nur zusehen will, wie die Menschen aufatmen, um das Thermometer gleich übermorgen wieder zehn Grad tiefer fallen zu sehen.

»Das sind keine Scheißtauben.«

Sie nimmt einen Schluck aus der Bierflasche, und er sieht im Dunkeln das Weiße in ihren Augen aufleuchten.

»Sind sie wohl. Kacken alles voll und machen schöne, alte Häuser kaputt.« *(Dabei interessieren ihn schöne, alte Häuser eigentlich einen Dreck.)*

»Was sollen sie denn machen? Hat denn irgend jemand daran gedacht, ihnen öffentliche Toiletten zur Verfügung zu stellen, als die Menschen anfingen, die Landschaft zuzubauen?«

Er will sich eigentlich nur dem eintönigen Geplätscher hingeben. Ihre mittlerweile warmen Füße an seinen Eiern spüren und über irgendwas reden. Ein Zeitungsbericht fällt ihm ein, der soll das Thema abschließen.

»Vor kurzem wollten sie den Viechern eine Antibabypille ins Futter mischen. Damit sie sich nicht mehr vermehren, wie die Karnickel. Natürlich sind sofort ein paar zutiefst empörte Tierschützer aufgetaucht, die das furchtbar grausam fanden. Du weißt schon, die übliche Sorte, die, die sich immer gleich persönlich betroffen fühlen.«

Ihre Füße bewegen sich, sie ist plötzlich anders.

»Ist ja auch gemein. Diese Tiere haben doch einen Vermehrungsinstinkt. Die wundern sich doch, wenn sie plötzlich keine Nachkommen mehr zeugen können.«

Er stellt sich vor, wie sich die Tauben, randvoll mit Verhütungsmitteln, plötzlich nur noch paaren würden. Sie könnten gar nicht mehr aufhören, die ganze Stadt wäre voll mit verzweifelten Taubenpaaren, die es an jeder Ecke miteinander treiben würden. Er übersieht die immer deutlicher werdenden Anzeichen, glaubt noch immer, dies sei ein freundliches, vom Regen begleitetes Geplänkel. Grinst ein bißchen beim Gedanken an die Verfolgungsjagden früher. T. war irgendwie immer schneller, beim Einschlagen des Lenkers, er erwischte immer mehr von den Scheißviechern.

»Ich bitte dich. Soweit denken die dummen Tauben doch gar nicht. Und wenn schon – es gibt ja schließlich genug davon. Wer mag schon Tauben.«

Sie entzieht ihm ihre warmen Zehen, setzt sich gerade auf, und da merkt er es. Aber jetzt ist es natürlich zu spät.

»Das hat doch überhaupt nichts mit mögen zu tun. Die Tauben waren schon lange vor uns hier. *Wir* haben Städte gebaut und ihnen ihren Lebensraum genommen. *Wir* verpesten die Gegend mit unserem Müll, von dem sie gezwungen sind, zu leben. Weil sonst nix mehr da ist. Das ist doch mal wieder typisch für uns, sie mit einer Antibabypille zu vergiften. Schön sauber ist das. Schließlich töten wir sie nicht, nein. Damit will sich keiner die Hände schmutzig machen. Das ist krank.«

Viel zu spät. Die lauschige Sommerabendstimmung ist dahin. Gerade noch war alles schön, allgemeine Befriedigung herrschte vor. Zigaretten-danach glühten, und er fühlte sich wohl, wie schon seit langem nicht mehr.

»Sag mal, bist du etwa doch eine von der verkappten Öko-Tussen-Fraktion?«

Er nimmt sofort zurück, was eigentlich ein Witz sein sollte. Die Sache droht, ihm über den Kopf zu wachsen. Seine Beschwichtigungsversuche führen immerhin dazu, daß sie sich wieder hinsetzt. Jetzt bloß keinen Fehler mehr machen.

»Solche Dinge regen dich also auf, ja? Wieso?«

Sie zündet eine neue Zigarette an, die zweite danach. Und doch scheint die erste Millionen Jahre entfernt.

»Ja.«

Er wartet.

»Das ist einfach krank. Es macht mich wahnsinnig. So wie die Kosovo-Bilder. Wie alles, was passiert. Wie alles, das so deutlich zeigt, wie wahnsinnig wir geworden sind. Tiere sind das letzte Glied in der Kette, sie hat nie jemand gefragt. Sie haben noch weniger Chancen als die Frauen in Afghanistan. Sie sind einfach immer die Verarschten.«

Er will eigentlich unbedingt vorsichtig sein. Kann sich seine Frage aber dennoch nicht verkneifen.

»Versteh mich nicht falsch – aber was gedenkst du, dagegen zu tun?«

Die Glut leuchtet auf. Ihre Füße sind jetzt irgendwo anders, nicht mehr bei ihm. Aber sie ist wieder ruhig, fast zu ruhig.

Sie seufzt.

»Gar nichts. Ich spende nichts, ich engagiere mich nicht. Verrückt macht es mich trotzdem. Zu sehen, wie egal es den meisten ist.«

Er kann nicht anders. Empfindet ihre Worte geradezu als Einladung.

»Und wo ist da der Unterschied zu denen, denen es egal ist?«

Ohne ihr Gesicht zu sehen, sie anzufassen, spürt er wie sie erstarrt. Wie sie eiskalt wird.

»Es gibt keinen. Ich mache ja nichts. Keinen Deut mehr mache ich als ihr, denen es am Arsch vorbeigeht. Wenn du so willst, bin ich sogar noch viel lächerlicher. Weil ich weinen könnte und doch nichts tue. Weil ich heuchle.«

Irgendwann, vor ein paar Tagen, saßen sie genauso da und guckten Nachrichten. Er erinnert sich an ihren starren Blick, wie sie ganz genau hinsah, bei den Leichenbergen vom Balkan. Seine Ex-Freundin hat immer laut aufgestöhnt und schnell umgeschaltet, bei solchen Bildern. *(Damals war es irgendeine andere Gegend, da unten.)* Bis sie irgendwann so komisch wurde und seltsame Fragen stellte. Ob er glaube, daß die Leichen gemerkt hätten, daß sie sterben, wollte seine Ex wissen. Er hat seit Jahren nicht mehr so oft an sie gedacht, wie zur Zeit. Das gefällt ihm nicht.

Die, die ihm jetzt gegenüber sitzt und so anders zu sein scheint als alle anderen Frauen, saugt es jedenfalls in sich auf. Schaltet nicht um, die Augen auf den Bildschirm genagelt und stumm. Wie jetzt. Er wagt noch einen Beschwichtigungsversuch.

»Mal ehrlich: das mit den Tauben ist aber schon was anderes. Das würde selbst ich nicht mit Afghanistan oder dem Kosovo vergleichen. Es tut ihnen nicht weh und jeder hat etwas davon. Auch die Tauben. Vielleicht könnten sie eine Art sexuelle Tauben-Befreiungswelle feiern.«

Sie steht auf, und er beobachtet sie dabei, wie sie nackt zur Tür geht. Mit ihrem etwas schiefen Gang, der nicht grazil ist. Er findet sie schön. Obwohl sie weder durchtrainiert noch besonders dünn ist. Er auch nicht. Sie haben beide das, was T. »Fickgriffe« nennt. Er mit seinen vom Bier stammenden Polstern an der Taille, sie mit ihrem eindeutig etwas zu großen Arsch. Sie kommt wieder, mit zwei neuen Bierflaschen. Er erwägt kurz, auf die Polster anzustoßen, entscheidet sich aber dagegen. Sie ist zwar *anders*, aber er will lieber nicht übertreiben.

»Falsch. Es ist noch irrsinniger und beweist noch eindeutiger, daß wir jegliches Maß verloren haben. Antibabypillen für Tauben, das ist beinahe noch perverser als Thunfischdosen mit Delphin-Schonungs-Garantie.«

»Bitte was?«

»Na, diese Aufkleber, wo drauf steht, daß die Thunfische ohne Gefährdung der Delphine gefangen wurden.«

Er will momentan nichts so wenig, wie sich mit ihr über gefährdete Tierarten unterhalten. Ihm fallen hundert andere Sachen ein, die er gerne mit ihr machen würde. Aber etwas in ihm ist sicher, daß sie negativ reagieren würde, wenn er eine davon vorschlägt. Also spielt er mit.

»Was ist daran pervers? Jeder weiß doch, daß Delphine eine gefährdete Art sind, ist doch ok.«

»Scheiße. Schon mal was davon gehört, daß Thunfische auch kaum noch da sind? Daß deren Bestände ebenfalls stark gefährdet sind? Nur weil Flipper ein Kassenschlager war und autistische Kinder angeblich durch Delphine geheilt werden können, macht sie das wohl wertvoller?«

Also, er ißt Thunfisch-Sandwiches für sein Leben gern und Pizza-Tonno findet er grandios, keine Frage. Es wird langsam Nacht, und sie sind beide nicht mehr ganz nüchtern, als sie die Wette per Handschlag besiegeln. Im alkoholisierten Zustand wetten, das ist geradezu ein Hobby von ihm. Er hat schon feierlich um bevorstehende Trennungen im Freundeskreis gewettet *(da hat er ein sicheres Händchen).* Um Berufswünsche von Jura-Studentinnen (*an einem Abend hat er mächtig abgesahnt, als er mit T. drei auf einmal kennenlernte und sie alle, unabhängig voneinander, irgendwas am Europäischen Gerichtshof werden wollten).* Unvergessen ist auch der Abend mit den G-Shocks. Diese Uhr war relativ neu auf dem Markt, und es wurde ein Kopf-an-Kopf-Rennen. T. gewann mit seiner Schätzung von vier stolzen Besitzern, die pro Stunde die Kneipe betraten, doch fast wären es weniger geworden, und dann hätte er die zwanzig Mark kassiert.

Diese Wette jedoch nimmt er nicht besonders ernst. Wenn es nach ihm ginge, könnte sie schon am nächsten Tag vergessen sein. Besonders nachdem sie die ganze Nacht in seinem Arm verbracht hat. Aber er hat nicht mit ihr gerechnet, sie vergißt es nicht.

Ein paar Tage später will er sich mit T. treffen. Dessen Freundin kocht aber gerade *(!),* und ehe er sich rausreden kann, wird er zum Essen eingeladen. Es gibt etwas, das sicher italienisch sein soll. Die Tussi fragt ständig, ob er noch mehr will, wie so eine Großfamilien-Mutti. Einmal ermahnt sie T. doch tatsächlich, nicht mit vollem Mund zu sprechen. Der entschuldigt sich auch noch. Später mühen sie sich mit vereinten Kräften ab, ein passendes Gesprächsthema zu finden. Zu seinem unermeßlichen Glück klingelt dann das Telefon, und sie schließt die Tür hinter sich.

»Habt ihr euch immer soviel zu erzählen?«

T. versteht nicht. Statt dessen fallen ihm plötzlich eine Menge unangenehmer Fragen ein.

»Wie läuft's denn so, bei euch? Ihr seht euch ja schon öfter, du und dieses Mädel.« T. zwinkert verschwörerisch.

Er würde ihm gerne davon erzählen, daß sie ein bißchen anders ist. Erwägt, wie er das sagen soll, ohne den Prototypen aller anderen Frauen, da draußen im Flur, als Gegenbeispiel zu nennen. *(Der Prototyp lacht schrill und sagt in regelmäßigen Abständen: Ach was, eeehrlich? zu dem Gesprächspartner am anderen Ende der Leitung.)* Eigentlich will er aber in dieser seltsamen Wohnzimmeratmosphäre nicht über das reden, was ihn beschäftigt. Zu groß ist die Gefahr, daß dadurch etwas von dem muffigen Geruch auf ihn abfärbt. Deshalb beschließt er, den Fragen auszuweichen.

»Ich hab die Videokassetten mit Cagney & Lacey zu Hause vergessen.«

T. raucht neuerdings manchmal Zigarren. Er reicht ihm eine.

»Nicht so schlimm, ich komme dieses Wochenende sowieso nicht dazu, sie zu gucken. Wir fahren morgen mit ihren Eltern in die Eifel.«

Er sieht seinen Freund an, wie er da sitzt mit seinem Gras-Placebo. Der auf Zigarren umgestiegen ist, weil sie es *nicht mag*, wenn er kifft. Etwas packt ihn, es ist etwas Bösartiges.

»Wie verbringt ihr denn sonst eure Zeit, auf dem Sofa mit grünem Tee und einer karierten Decke über den Beinen? Wach auf, T.! Du schrammst gerade so am Abgrund einer eheähnlichen Verbindung vorbei.«

Auf ein Wort folgt dann das andere. Zum Glück telefoniert T.s bessere Hälfte *(mit Abstand eine der widerlichsten Bezeichnungen, aber in diesem Fall doch sehr passend)* immer noch, sonst würde sie hören, wie er über sie sagt »Da bekommt man ja richtiggehend Angst, daß ihre

Dumpfheit auf dich abfärbt. Meine Güte, früher haben wir genau über die Art von Frau gelacht, weißt du das eigentlich noch?«

T. kontert mit einer verächtlichen Anspielung auf seine Unfähigkeit, eine *wirkliche Beziehung* zu führen, und das ist dann auch schon das Ende des netten Abends zu dritt.

Draußen, mit der immer noch kalten, aber schon ziemlich frühlingsschwangeren Luft in der Nase, kann er es kaum glauben. Jedes Wort hat er ernst gemeint. Aber unter anderen Umständen wäre es sicher nicht zum Knall gekommen. Er macht sich nichts vor, es lag an der Reihenhaus-mit-Vorgarten-Atmosphäre dort oben. Und an der Tatsache, daß er zu lange geschwiegen hat.

In all den Jahren hat er sich nur einmal mit T. gestritten *(dritte Klasse, es ging um einen kaputten Playmobil-Cowboy),* und es gab nie auch nur eine Spur der Gehässigkeit, die sie gerade an den Tag legten. Allein die Hormone können nicht schuld sein, T. macht das alles nicht wegen Sex, ganz sicher sogar nicht, wenn er es recht bedenkt. Er muß andere Gründe haben, vielleicht hat es etwas mit Ruhe, Frieden und Erwachsenwerden zu tun. Er wird ihm ein paar Tage Zeit geben, aber dann muß er ihn retten. Mit wem soll er denn im Wald sitzen und Steine in den Bach werfen, wenn sein bester Freund zum Brötchentütenträger mutiert?

leonce und das feuerzeug

Sie träumt. Unbeweglich bis auf einen Finger, der in ihrem Mund steckt. Draußen wird es langsam hell, und sie hat vergessen, den Wecker auf fünf Uhr zu stellen. Später wird sie sich deswegen ärgern, weil sie tagsüber so inspiriert ist wie ein hinter dem Sofa vergessener Pantoffel. Im Traum treibt sie es mit dem Außenminister *(dem neuen natürlich, nicht Klaus Kinkel).* Es ist einer von der Sorte, die ungeheuer real sind, kurz vor der Schwelle zum Aufwachen.

Und so zieht sie ihm seine Weste aus *(schöner, schwerer Stoff),* öffnet seine Hose und läßt sich von ihm ihr Nachthemd hochschieben. Der Außenminister hat einen seltsamen Körper, wie erwartet sehr sehnig und dünn, weißer als ihrer. Vor allem aber ist er gezeichnet, wie eine detaillierte Landkarte. Noch nie hat sie einen Körper mit so vielen Linien und Fältchen angefaßt. Sie nimmt sein Gesicht in die Hände und küßt ihn, ist überrascht, wie weich seine Lippen sind. Gar nicht wie im Fernsehen, da sehen sie immer steinhart und rissig aus. Ihr Nachthemd ist bis an den Hals gerutscht und ihre gemeinsamen Bewegungen lassen die Gürtelschnalle an seiner Hose klirren. Der Außenminister hat sich nicht ausgezogen, nicht mal seine Schuhe, die zusammen mit der Hose einen Knäuel unten an ihm dran bilden.

Sie wird langsam wach, spürt es und bemüht sich, den

Traum weiterzuträumen. Später wird sie sich darüber ganz besonders wundern, denn es ist der Zeitpunkt, von dem an sie sich bewußt und gewollt dieser Phantasie hingibt. Was sie vorher auf ihr verirrtes Unterbewußtsein hätte schieben können, ist jetzt eine eindeutige Sehnsucht. Er hat sehr große Hände, die läßt sie ihre Taille umklammern. Ihren Nacken umfassen und leicht an ihren Haaren ziehen. Kurz bevor sie ihn ihr Bein herumdrehen läßt, um sie von hinten weiterzuvögeln, ist es vorbei.

Sie schlägt die Augen auf und gesteht sich ein, daß zumindest die letzten Sekunden ihrer eindeutig wachen und in höchstem Maße bewußt geplanten Vorstellungskraft entspringen. Auf dem Weg ins Badezimmer entsorgt sie ihre einigermaßen durchnäßte Unterhose im Wäschesack und begrüßt einen ihrer Mitbewohner. Der schmiert sich ein Brot in der Küche und ruft ihr hinterher

»Wir brauchen neue Müllsäcke, kannst du das übernehmen? Ich muß den ganzen Tag arbeiten.«

Sie dreht den Wasserhahn ganz weit nach rechts, bis eiskaltes Wasser auf ihre Haare klatscht. So was. Wieso zum Teufel der Außenminister? Und überhaupt: Wieso Sex? Sie weiß gar nicht mehr, wie lange es her ist, daß sie an Sex dachte. Früher war das eine bombensichere Sache. Unter einem Mann liegen, mit all dem Geschnaufe und Gewackel, das dazu gehört. Es war, als schiebe das rote, glitschige Ding mit jedem Stoß etwas in sie hinein. Nicht nur das, was man üblicherweise davon erwartet, auch ein Stück Fremdheit. Etwas, das nicht zu ihr gehörte, etwas, das lebendig war, bewegte sich in ihr. Manchmal war sie kurz davor, zu glauben, es könne bis zu diesem starren Punkt in ihr vordringen. Jeder Seufzer des an das Ding gekoppelten Menschen über ihr schien ihm ein Stück näherzukommen. Sie grinst leise, weil sie an das eine Mal denkt, als sie versuchte, es einem Mann zu erklären. Der Mann, der ihr Ex-Freund war, tat als verstünde er. Wohl mehr aus Höflichkeit, denn von da an warf er ihr immer befremdete Blicke zu, wenn er auf ihr lag.

Irgendwann funktionierte es nicht mehr. Dann betrieb sie es noch eine Weile deshalb, weil sie sich dabei so gut zusehen konnte. Von außen, weit weg vom Geschehen, beobachtete sie sich dabei. Sah sich, und weil das so einfach erschien, viel einfacher als die Experimente mit Spiegeln, oder Konzentration, hatte sie trotzdem sehr oft Sex. Konnte gar nicht genug davon bekommen, weil sie die Hoffnung nicht aufgeben wollte.

Das ist lange her, irgendwann funktionierte auch das nicht mehr. Sie versuchte es eine Zeitlang erfolglos. Ließ sich durchbumsen von Männern, die sie kannte, oder deren Namen sie gleich wieder vergaß. Bis sie irgendwann aufgab und seitdem keinen Gedanken mehr an Sex verschwendete.

Bis heute. Am Ende wird sie doch alt, und ihre Freundin G. hat recht mit der sexuellen Torschlußpanik, die besagt, daß man in ihrem Alter schnell noch so viel wie möglich mitnehmen sollte. Bevor es zu spät ist und die Schwerkraft sich am Hintern zu schaffen macht. G. scheint sich bisweilen wirklich Sorgen über solche Dinge zu machen. Ob G. vielleicht jemand ist, der auch innen drin tatsächlich älter geworden ist? Ob am Ende nur sie immer und ewig gleich bleibt, und alle anderen sie niemals verstehen können?

Sie erkennt sie schon von weitem. Das ist nicht schwer, denn G. ist die einzige in dem Café, die den Playboy liest. Oder zumindest die einzige, die ihn auf Kopfhöhe hochhält, so daß jeder Pam Andersons runde, chirurgische Meisterwerke sehen kann.

»Hab ich mir von meinem Bruder geliehen. Wann hast du das letzte Mal in einen Playboy geschaut?«

Sie wird umarmt, und dann setzt sie sich. Sagt, sie habe noch nie in einen Playboy geschaut.

»Die Zeiten ändern sich, daran kann kein Zweifel bestehen. Sie haben tatsächlich Buchstaben integriert, ich meine, da sind ausformulierte Sätze drin, die teilweise sogar einen Sinn ergeben.«

Es dauert eine Weile, und das liegt nicht an G.s mangelnder Auffassungsgabe. Es liegt an der Schwierigkeit, es zu erklären. Sie versucht, es mit kleinen Zuckertütchen plastisch darzustellen, nimmt Hände und ihren gesamten Wortschatz zu Hilfe. Bis G. zumindest auf der richtigen Fährte ist.

»Ok. Mal sehen, ob ich dich richtig verstanden habe: Bildlich gesprochen stellst du dir eine Art Punkt oder Zentrum innen drin vor, das sozusagen das *Ich* ist. Und alles, was uns so passiert, beeinflußt diesen einen Punkt oder eben nicht. Du meinst, es würde ihn nicht beeinflussen. Das kapier ich nicht. Was ist mit Erfahrungen oder Erlebnissen, die man macht? Wenn mir heute jemand sagt: ›Nein, du kriegst kein Eis!‹, dann heul ich doch nicht oder stampfe mit dem Fuß auf, wie ich es als kleines Kind getan habe.«

Sie legt ein paar Zuckerbeutelchen auf einen Haufen, drei Zigaretten auf einen anderen und in die Mitte ein Feuerzeug.

»Natürlich nicht. Aber vielleicht sammeln sich alle Erfahrungen da, bei dem Zucker. Und die Empfindungen, die häufen sich bei den Zigaretten an. Nach beiden Haufen orientieren wir uns, wenn wir handeln, und natürlich nach all den anderen, vielleicht gibt es noch einen für Schmerz oder so. Je älter man wird, desto größer werden die Haufen wahrscheinlich auch. Aber das Ich-Feuerzeug, das ist immer dasselbe. Oder anders: Ich *glaube,* daß es dasselbe bleibt. Daß alle äußeren Einflüsse an dem glatten Plastik abprallen und nichts davon eine Spur hinterläßt.«

G. nimmt das Feuerzeug, zündet es an.

»Was ist mit dem Gas? Wird es leerer?«

»Ach Mensch, das war doch –«

G. lacht, wird aber gleich wieder ernst.

»Du hattest schon immer einen Hang zu so komischen Gedanken. Aber dein Problem verstehe ich trotzdem nicht ganz. Wieso beunruhigt dich das? Ist doch eigentlich eine nette Vorstellung – ein Kern, der unser Zentrum bildet. Wie bei den Chakra-Freaks. Ist doch ok.«

Sie gibt auf. Respektiert ihre Blutsschwester *(sie waren sechzehn, haben beide zu tief reingeschnitten und mußten deswegen in die Notaufnahme),* weiß, daß sie sich auf ihre Art Mühe gibt. Sie ist nur anders. Wenn G.s Gemüt das einer besonders fleißigen und aktiven Biene ist, die emsig von Blüte zu Blüte fliegt *(überwiegend männlichen Blüten, natürlich),* dann ist ihres der Stein, der grau und unbeweglich daneben liegt. Sie schweigen, beobachten den Regen draußen.

»Irgendwas daran macht dir Angst, oder? Es gefällt dir nicht.«

Wenn sie G. sagt, wie unheimlich ihr das Ganze tatsächlich ist, und dann auch noch von der bedrohlichen Frischhaltebeutel-Sache erzählt, wird sie von ihr auf irgendeine Party geschleppt werden. G. hält das für das absolute Patentrezept, nur hemmungslosem Sex räumt sie eine ähnliche Heilkraft ein. Rumstehen, gut drauf sein *(vor allem aber wieder* LÜGEN*)* und dabei all diese entblößten Gebisse und hochgezogenen Mundwinkel sehen. Unmöglich. G. hat jedoch schon Lunte gerochen.

»Jetzt sag schon. Du bist doch mal wieder so seltsam drauf.«

»Es ist nur, diese Vorstellung des Stillstandes, sie ist so ... Wenn das Feuerzeug immer so undurchlässig bleibt, dann *passiert* doch eigentlich gar nichts. Dann ist doch alles Einbildung. Manchmal sagt man: ›Das werd ich nie vergessen.‹ Oder: ›Das ist eine einschneidende Erfahrung, alles wird von jetzt an anders sein.‹ Aber irgendwann vergißt du es wieder, oder du weißt es noch – aber es scheint jemand anderem passiert zu sein. Weil es zwar auf einem der Haufen liegt, gewissermaßen als Beweis, du aber keinen Zugriff mehr hast. Es ist da – aber es könnte genausogut weg sein, weil es nicht wirklich in dir drin ist. Nur auf deiner Benutzeroberfläche, wenn du so willst.«

Sie legt die Zuckertütchen wieder in die Schüssel, steckt die Zigaretten in die Packung und läßt nur das Feuerzeug in der Mitte des Tisches liegen. G. sieht sie an und sagt

»Was Liebeskummer angeht, könntest du recht haben. Wenn man welchen hat, denkt man, man muß sterben. Nach einer Woche geht es schon wieder, und ein Jahr später erinnert man sich kaum daran. Aber vielleicht ist das mit dem Feuerzeug auch gar nicht so, vielleicht gibt es doch eine Möglichkeit etwas hineinzuritzen. Oder es aufzumachen. Du sagst ja selbst, daß du nicht sicher bist.«

Es stimmt, bis hierher ist sie unsicher. G. selbst hat ihr das perfekte Argument geliefert, indem sie, ohne sich darüber bewußt zu sein, ihr Lebensmotto skizziert hat. Liebeskummer ist für G. wie für andere Menschen chronische Bronchitis oder Heuschnupfen: Er bestimmt ihren gesamten Lebensrhythmus, weil sie entweder gerade welchen hat, dabei ist ihn zu überwinden oder eine befristete Phase des Verliebtseins genießt, an die sich – scheinbar unausweichlich – wieder eine neue Enttäuschung reiht. Wie eine Endlosschleife. Ob sie nun glücklich damit ist oder nicht. Fest steht, daß sie ihn immer wieder überwindet und genauso weitermachen kann wie vorher.

»Doch. Es ist so. Manchmal, weißt du, da wird es plötzlich riesengroß. Dann ist da überall nur noch Feuerzeug, dann bin *ich* Feuerzeug, ganz ohne Zuckertütchen. Und dann ist die Zeit einfach tot, sie ist weg. Weil ja alles gleich und nie anders ist oder sein wird. Und dann versuche ich, mir zuzusehen. Wenn es klappt, dann kann ich sehen, daß es mich gibt. Und dann weiß ich auch, daß ich es sein muß, der diese Dinge passieren. Verstehst du, dann ist es vorübergehend egal, ob ich es auch spüre oder nicht. Ich sehe mich ja.«

G. versteht nicht und sagt das auch.

»Ganz einfach: Stell dir vor, ich werde morgen überfahren. Du wärst natürlich erst mal traurig. Vielleicht sogar ziemlich lange. Aber irgendwann würdest du nicht mehr so sehr leiden wie am Anfang – man nennt das auch ›überwinden‹. Du würdest dich sammeln, irgendwann sicher wieder verlieben können, und dein Leben würde weitergehen. Und das, obwohl ich dir viel bedeute, nicht wahr?«

»Du spinnst ja! Komm schon, hör auf. Du weißt, daß du mir mehr bedeutest als jeder andere. Aber du wirst morgen nicht überfahren – so was bringt Unglück. Also, laß uns heute abend einen drauf machen, ja?«

Es dauert eine ganze Weile, bis sie G. davon überzeugt hat, daß sie definitiv keinen drauf machen will. Bis sie unbehelligt gehen kann, nicht ohne ihre beunruhigten Blicke im Rücken zu spüren. Mit der Bahn fährt sie an der Reklametafel einer Bank vorbei. *Nutzen Sie unsere Erfahrungen für Ihren Vorteil – wir verändern Ihr Leben.*

Sie will es. Jetzt. Draußen ist es kaum noch hell, deshalb kann sie sich in der Scheibe sehen. Gesichter in dunklen

Scheiben sind nicht so wie die in Spiegeln. Sie sind durchsichtig, man erkennt manchmal Dinge dahinter, die draußen auf der Straße passieren. Zwischen ihrem Mund und den Augen sieht sie die hellen Schaufenster eines Gemüseladens und die Menschen darin. Dann die Dekoration einer Boutique. Einen Lkw, Ampeln und erleuchtete Fenster in Wohnungen. Es geht nicht.

Zu Hause, am Spiegel, noch ein Versuch. Sie kneift die Augen zusammen, drückt und preßt, als hätte sie Verstopfung. Nichts. Sie kann nicht raus, ist nicht imstande sich selbst zuzugucken. Dabei wäre es gerade jetzt so wichtig. Aber sie bleibt, eingeschlossen und zumindest für diesen Abend ohne Fluchtmöglichkeit.

Über ihrem Schreibtisch hängt ein Zitat aus einem der kleinen, gelben Reclamheftchen. Die gesamte Schulzeit über hing es da, früher an der Wand in ihrem Kinderzimmer. Es muß irgendwann in der achten oder neunten Klasse gewesen sein, als es ihr auffiel. Niemand konnte irgend etwas mit Büchner anfangen, auch sie nicht. Aber als Leonce zu sich selbst sagte

»Oh, glücklich der Mensch, der sich einmal auf den Kopf sehen könnte!«,

hatte sie schon damals den Eindruck, der Satz sei wichtig. Gab es Fotoapparate, zu Leonces Zeit? Der Glückliche. Sicher nicht, sonst hätte er gewußt, daß selbst der Trick mit dem Selbstauslöserbild *(sie hat eine ganze Kiste voll davon)* den Zustand, von dem er träumte, nicht herbeiführen kann. Wahrscheinlich hatte der arme, gelangweilte Prinz dasselbe Problem wie sie: Auch er wollte nicht glauben, daß er dazu verdammt sein sollte, für immer in sich zu verharren.

vogelköpfe gegen glas

»Herzschrittmacher.«

Sie funkelt ihn an, triumphierend. Er versteht nicht.

»Na, die Wette. Sag bloß, du hast sie vergessen?«

Natürlich hat er. Abgesehen davon hielt er es ohnehin für einen Witz. Beweise sammeln, Pros und Cons dafür, ob die Menschen grundsätzlich bekloppt sind oder so ähnlich. Er weiß nicht, wofür das gut sein sollte. Aber offenbar erwartet sie irgend etwas von ihm.

»Verstehst du nicht? Das ist mein erster Beweis: Herzschrittmacher.«

Er beschließt zu widersprechen, das ist besser als zuzugeben, daß er es vergessen hat.

»Auf keinen Fall! Fällt unter medizinische Lebenserhaltungsmaßnahmen, wenn dein Herz morgen nicht mehr funktioniert, brauchst du auch so ein Ding. Das ist kein Beweis dafür, daß die Menschheit wahnsinnig ist, oder so was.«

Sie verdreht die Augen.

»Aber das ist es ja gerade: wenn ein Herz nicht mehr funktioniert, ist der dazugehörige Mensch nicht mehr lebensfähig und Feierabend. In unserer Welt ist es aber üblich, auf solche simplen Tatsachen zu scheißen und einen kleinen Apparat an das Herz zu schrauben.«

Heute ist es seit dem frühen Nachmittag schon dunkel. Sie sitzen da, sogar Kerzen hat er angezündet, und natürlich hätte er wieder eine Menge anderer Ideen, wie der frühe Abend gestaltet werden könnte. Aber ihre Ungeduld ist kaum zu übersehen, sie meint es offenbar tatsächlich ernst. Dabei hat er eigentlich nur irgend etwas aus dem Ärmel geschüttelt, um nicht als Langweiler dazustehen. (*Und um die Stimmung nicht zu gefährden, schließlich hat er noch was vor, mit ihr.)*

»Sag mal, fällt dir außer der Kritik an meinen Beispielen auch noch was anderes ein? Ich meine, hast du vielleicht auch etwas vorzuweisen?«

»Ich, äh, ja. Wie wär's mit: Recyclingcontainern? (*Sehr gut, dagegen kann sie kaum etwas einwenden, es ist sogar politisch korrekt.)* Solange die Menschen wenigstens noch ihren Müll trennen, beweist das, daß sie noch ein Bewußtsein für ihre Umwelt haben – mal abgesehen davon, daß die sortierten Sachen später meist wieder auf einen Haufen geworfen werden. Ich meine die Idee, die Nutzung der Container.«

Er ist richtig stolz auf sein Argument. Das wäre ja gelacht, wenn er bei so einer stumpfsinnigen Wette den kürzeren ziehen würde.

»Schlechtes Beispiel. Erstens machen die meisten das nur, weil die Mülltonnen vorm Haus schon viel zu klein geworden sind für ihren immensen Müllverbrauch. Außerdem gehört es zum guten Ton, man macht das, weil jeder es macht.«

Er plädiert für eine Vertagung, nimmt sich vor, für das nächste Mal besser vorbereitet zu sein. Geht auf sie zu und will jetzt küssen, mit Anfassen. Aber sie steht auf.

»Na gut, du bekommst noch etwas Zeit. Ich muß ohnehin noch was besorgen. Morgen – selbe Zeit, selber Ort?«

Und sie geht tatsächlich. Eine winzige Sekunde lang ist er kurz davor, sie zurückzuhalten. Kann sich gerade noch bremsen und ist später ungeheuer erleichtert deswegen. Besinnt sich auf die allererste Nacht und den Morgen danach. Als er sie gar nicht schnell genug loswerden konnte. Sie hat die Sache mit dem vorgetäuschten Schlaf und ihrer nur bedingt schmeichelhaften Abschiedsnotiz nie wieder erwähnt. Das ist typisch für sie, sie tut überhaupt so, als sei kaum etwas der Rede wert. *(Abgesehen von Verhütungsmethoden für Tauben, oder dieser sinnlosen Wette.)* Er ist es gewöhnt, von Frauen wegen allem möglichen Kram ausgefragt zu werden. Er weiß, daß sie alle diese Liste haben, auf der ganz oben drauf die in der Regel nach zwei bis drei Wochen übliche und dick unterstrichene Frage prangt: *Was ist jetzt eigentlich mit uns?* Sie bedienen sich verschiedenster Variationen, aber der Zweck bleibt derselbe. Im Anschluß daran folgen meist weitere Fragen, deren Reihenfolge nicht genau festgelegt zu sein scheint. *Glaubst du, deine Freunde mögen mich? Steht mir dieses Kleid? Wie war deine Ex-Freundin? Bist du immer so schweigsam? Magst du lieber große oder kleine Titten?*

Sie hat bisher keine einzige davon gestellt. Nicht, daß er darauf wartet. Was die dick unterstrichene angeht, muß er sich sogar eingestehen, daß er selbst sie sich bereits zweimal gestellt hat. Das erste Mal, als sie eines Abends einfach nicht kam. Ohne abzusagen, einfach so. Am nächsten Abend, als sie ohne ein Wort darüber zu verlieren durch die Tür spazierte, war die Frage da. Er hätte sie selbst unter Anwendung grausamster Foltermethoden nicht laut ausgesprochen, aber sie war da. Das zweite Mal, da schon etwas dringlicher, als sie gerade aufstand und einfach wegging. Immer noch meilenweit von einer eventuellen, lauten Äußerung entfernt, aber existent.

Am nächsten Morgen segelt ihm eine Einladung zu einem Klassentreffen ins Haus. Er legt sie leicht desinteressiert zur Seite, obwohl er natürlich hingehen wird. Schon jetzt freut er sich auf die gierigen Fragen nach eventuellen Zukunftsperspektiven, von denen, die sich naturgemäß am meisten über deprimierte Antworten freuen.

Er will T. anrufen. Als ihm einfällt, daß T. wahrscheinlich immer noch sauer ist. Sich offenbar persönlich angegriffen fühlte, als er ihm die Wahrheit über den Prototypen an seiner Seite eröffnete. Nicht mal *tschüs* hat er gesagt.

Das Erdnußmädchen (*er hat sich angewöhnt, sie heimlich so zu nennen*) wird gegen sechs kommen. Und es wäre gelacht, wenn er nicht mit ein bißchen Konzentration diese Wette gewinnen würde. *(Abgesehen davon wird sie sicher bleiben, wenn er ein paar Knüller landet und nicht wieder mit leeren Händen dasteht.)*

Er muß unbedingt daran denken zu fragen, was eigentlich der Einsatz ist. Eine Wette ohne vorher festgelegten Einsatz, das widerstrebt ihm.

Er sieht aus dem Fenster und starrt eine Weile. Draußen hasten wieder all diese Leute aus der Bäckerei an der Ecke heraus. Nach einer Stunde ohne nennenswerte Ergebnisse beschließt er, die Wohnung zu verlassen. Draußen wird er sicher ein paar Beweise finden. Später sitzt er in einem Seminar, es findet im sogenannten »Panoramaraum« der Fakultät statt. Große Fenster, keiner hört dem Prof zu, alles starrt nach draußen. Denkt an das abendliche Fernsehprogramm, oder an andere, wichtige Dinge. Irgendwann bumst etwas gegen die Scheibe. Alles dreht sich um, ach, nur ein Vogel. Dann noch einer. Sie schmettern ihre kleinen Vogelköpfe gegen das Glas und fliegen leicht benommen weiter. Bums. Und noch einer. Ob ihre Schädelknochen davon nicht zerbröseln? Nach dem zehnten Frontalaufprall dreht sich keiner mehr um. Einer bleibt später liegen und zuckt noch eine Weile. Er denkt, diese Situation wäre sicher ein passables Pro-Argument für sie. Weil sich wieder mal keiner für die Vögelchen und ihre Blessuren interessiert. Weil statt dessen das regelmäßige Bums! in die bestehende Geräuschkulisse integriert wird. Aber er hat die Aufgabe, das Gegenteil zu beweisen, was schließlich auch nicht so schwer sein kann.

Als sie abends vor der Tür steht, hat er eine kleine, aber erfolgversprechende Liste vorbereitet. Sie öffnen zwei Bierflaschen, setzen sich gegenüber an den Tisch in der Küche und legen los.

»Du darfst anfangen, weil du letztes Mal verloren hast.«

Es gibt jetzt auch Regeln, sie haben sie festgelegt. Pro gültigen Beweis einen Punkt, in Zweifelsfällen einen halben. Alle Ergebnisse werden auf einem DIN-A3-Blatt festgehalten. Nur das mit dem Einsatz ist noch unklar.

Sie sieht ihn erwartungsvoll an, legt ihre Füße auf seinen Schoß.

»Na was ist? Hast du nun etwas gefunden?«

Wie er da so sitzt, mit ihren Füßen auf den Beinen und seiner Liste, kommt ihm ein wirklich schockierender Gedanke: Er kann sich vorstellen, sich an ihre Anwesenheit dauerhaft zu gewöhnen. Schlimmer noch: Er mag sie. Das ist neu. Er hat zwar schon mal jemanden geliebt *(auch wenn er an seine verrückte Ex-Freundin nicht besonders gern zurückdenkt)*. War verknallt oder scharf auf etwas oder jemanden und was man sonst noch so ist und worüber er im Moment nicht konkret nachdenken will. Aber *mögen*, das ist neu. Er mag T., auch wenn der sicher noch eine Weile schmollen wird oder seinen anderen alten Freund, der in Vancouver studiert. Er mag noch eine Reihe anderer Dinge, aber eine Frau war bisher nicht darunter.

»Jetzt sag bloß, du hast nichts gefunden?«

»Doch, doch. Mir ist nur gerade was eingefallen. Gut, fangen wir an: soziale Einrichtungen.«

Der Blick, den sie ihm zuwirft, gefällt ihm gar nicht. Etwas war falsch, und jetzt sieht sie ihn an, als sei er ein begriffsstutziger Nachhilfeschüler.

»Was, bitte, beweisen die?«

Tatsächlich, sie ist genervt.

»Na, ist doch klar: die Menschen schaffen soziale Einrichtungen, weil sie, nun ja, also weil – ach komm schon, ist doch klar. Das ist doch ein Beweis.«

So ein dämlicher Schwachsinn. Eigentlich ist es ihm ohnehin egal, und sie ist doch diejenige, die sicher auf soziale Einrichtungen abfährt. Jetzt ist er wütend. Sieht seine Liste an, die auf dem Tisch vor ihm liegt und vollgeschrieben ist mit ähnlichen Begriffen: *Die friedliche Beilegung des Ost-West-Konflikts, in Klammern: abgesehen von gewissen Schwierigkeiten in einigen ehemaligen Ostblockstaaten* wird er gar nicht erst vorlesen. Er kommt sich vor wie ein sechzehnjähriger Idealist, der jemanden zum Beitritt zu den Jusos überreden will.

»Kannst du mir sagen, was falsch daran ist?«

(Noch ein Blick von der überheblichen Sorte, und sie wird ihre Spielchen mit jemand anderem spielen müssen.)

»Einfach alles. Es geht doch nicht um Beweise für oder gegen soziales Gewissen oder ethische Werte oder wie man das sonst nennen will. Es geht darum, zu beweisen, ob wir verrückt sind. Nicht ob gut oder schlecht.«

»Schön. Und woran willst du das festmachen? Was ist denn verrückt? Eine – ähm, sagen wir: Spezies, die sich um soziale Mißstände kümmert, ist doch auch eine, die DENKEN kann, die ihre Probleme versucht zu lösen, die –«

Nun ist er tatsächlich mitten in eine Sozialstaats-Diskussion geraten. Er, als überzeugter Sozial-Darwinist. Verteidigt Dinge, hinter denen er ja doch nicht steht. Glücklicherweise unterbricht sie ihn.

»Sag mal, glaubst du wirklich, daß das so ist? Bist du der Meinung, daß man es daran festmachen kann?«

Sie sehen sich sehr fest in die Augen. Er besonders fest, weil er gerade wieder feststellt, daß er sie doch noch mag. Gerade noch dachte er, dieser bedrohliche Zustand sei vielleicht überwunden. Er reißt sich los und sagt

»Vielleicht sollten wir erst mal klären, was genau unter *verrückt* zu verstehen ist.«

Sie beschließen, ihre Bierflaschen mit zum Weiher zu nehmen und dort weiterzumachen. Auf dem Weg schiebt sie ihre Hand in seine, und er lobt sich noch einmal nachdrücklich für seinen Vorschlag, rauszugehen. Ein guter Vorschlag, ein gutes Gefühl, ihre Hand zu halten. Außerdem hätte er bei einer Fortsetzung des Themas aufrichtig sein und seine Abneigung gegen *soziale Netze, Chancengleichheit* und insbesondere *soziale Einrichtungen* zugeben müssen. Alle Frauen reagieren darauf mit Vorwürfen. Und er kennt sie nicht gut genug, um das Risiko einzugehen.

Soll er den Arm um sie legen? Lieber nicht, lieber nicht. Man könnte sie für ein *Paar* halten, ein *Pärchen* gar, oder eine *spazierengehende Beziehung*. Da ist auch schon der Weiher, sie setzen sich auf eine Bank am Wasser. Ihre Hand geht weg, hält kurz darauf eine Zigarette. Sie trinken, rauchen und betrachten die Lichter im Wasser. Er mag den Weiher, besonders im Dunkeln. Eigentlich ist er nicht mehr als eine schmuddelige Pfütze mit ein paar Enten darauf. Aber immerhin eine Gelegenheit, mitten in der Stadt Steine in ein Gewässer zu werfen. Im Sommer wird man hier alle naslang von rauhen, männlichen Stimmen, aus Gebüschen heraus, über spezielle Sondertarife für Analverkehr informiert. Jetzt ist es noch zu kalt, und außer einem Mann mit Hund sind sie ganz allein.

»Ich bin nicht so sicher, ob du wirklich Interesse an der Sache hast.«

»Wie?«

»Na, an der Wette.«

Ach so. Er hat für alles Interesse, das mit ihr zu tun hat. Ob das nun ihre Schuhgröße, ihr Verhältnis zu Dosengemüse und seinetwegen auch diese komische Wette ist.

»Ja doch. Klar. Interessiert mich.«

Ob er sie vielleicht mal mit in den richtigen Wald nehmen sollte? Er könnte ihre Reaktion auf besonders hübsche Vögel testen.

»Gut. Du mußt nämlich wissen, daß ich dich nicht einfach in die Pfanne hauen will. Ich warte wirklich auf Gegenbeweise, will sie nicht nur niedermachen. Weil ich nämlich auch nicht sicher bin, weißt du?«

Sie wartet kurz ab, aber er weiß ohnehin nicht. Sieht nur ihr Profil und den einladenden Bogen am Hals an.

»Also, unter verrückt verstehe ich folgendes: Die Menschen, also wir, haben uns hier auf der Welt eingerichtet, haben Dinge geschaffen und erfunden, sie weiterentwickelt, um es uns gemütlich zu machen. Irgendwann, oder schon immer, haben wir dabei ein bestimmtes Maß verloren. Frag mich jetzt nicht nach dem Maß, weiß ich auch nicht, wie das aussieht. Aber es ist uns abhanden gekommen und seitdem haben wir eine Reihe Dinge getan oder erschaffen, deren Wahnwitz wir nicht mehr einschätzen können. Und damit meine ich nicht, ob wir das böse oder gut meinen. Einen Psychopathen fragt auch keiner, warum er zehn Frauen umgebracht, vergewaltigt und ihnen anschließend eine Blume ins rechte Nasenloch gesteckt hat. Er macht es einfach und für ihn hat es auch irgendeinen Sinn.«

Das alles ist sehr neu für ihn. Klar, hat er manchmal auch gedacht, da würden einige Dinge etwas verquer laufen. Aber eigentlich nur, wenn er breit war, und dann lachte er auch immer darüber. Irgendwie ist diese Wette eine einfallsreiche Art, sich kennenzulernen. Besser als: *wie war denn deine Kindheit? Sind deine Eltern auch geschieden?* Er beschließt, mitzumachen. Jetzt erst beschließt er das. Bisher war es nur ein Vorwand, wie geheucheltes Interesse für Jane Campion – Filme in diversen anderen Fällen (*er hat Das Piano nie gesehen, aber der Film hat ihm schon häufig enorme Pluspunkte eingebracht*). Das hier ist eine spannendere Variante des üblichen Was-haben-wir-alles-gemeinsam-Spielchens.

»Weil er durchgeknallt ist, 'ne Klatsche hat, weil er in seiner eigenen Welt lebt, meinst du?«

Ein kurzes, erleichtertes

»Ja, genau das meine ich.«

Und dann küßt sie ihn, macht den Mund dabei ganz weit auf, so daß seine Lippen unter ihren verschwinden. Wenn er könnte, würde er mit dem Schwanz wedeln. Er glaubt sogar einen leichten Erdnußgeschmack wahrnehmen zu können, wie am ersten Abend *(und das ist nun eindeutig sentimental, weil sie gar keine gegessen hat).* Danach steht sie auf und zieht ihn zu dem Lichtfleck, den eine Laterne auf den Boden wirft. Zeigt auf ein Schild, das mit Rost überzogen und kaum lesbar ist.

Ruhezone für unsere Tiere!
Bitte beachten!
Danke
Stadt Köln, der Oberstadtdirektor

steht darauf, und er strengt sich an. Verbotsschilder, meint sie die permanente Einschränkung durch Verbotsschilder? Er muß die Situation durch ein geistesgegenwärtiges Argument retten.

»Hör doch mal!«

Er hört nichts. Aber etwas muß da sein, sonst würde sie nicht so erwartungsvoll gucken.

»Hörst du nichts?«

»Nein, außer –«

»– dem Autolärm?!«

Natürlich. Das ist es. Rush-hour auf einer der meistbefahrenen Straßen in der Stadt, die direkt am Weiher vorbeigeht. Es brummt und hupt und quietscht und bremst.

»Ach so! Stimmt, es ist tierisch laut hier, um diese Zeit. Hab ich noch nie so wahrgenommen.«

Und dann, richtiggehend stolz, wie einer, der den Jeopardy-Hauptpreis gewonnen hat:

»Es ist laut hier! Klar, es ist laut hier. Für Tierohren – haben Enten und Schwäne eigentlich Ohren? – bestimmt noch lauter. Das ist wie mit den Hasen, an der Autobahn. Das ist –«

»– krank? Wahnwitzig, den Weiher zur Ruhezone zu erklären?«

Was soll er da noch sagen?

»Ja.«

Direkt vor ihnen steigt ein Schwan aus dem Wasser. Vielleicht in der Hoffnung, ein paar Brotkrümel abstauben zu können. Jedenfalls steigt dieser weiße Schwan aus dem Tümpel und hat einen pechschwarzen Rand am Bauch. Genau da, wo das Wasser seine Federn vorher umschlossen hat. Er hat noch nie viel mit Tieren am Hut gehabt, und wenn überhaupt, dann mit interessanten Tieren. Hunden, oder Löwen, oder sonstwas, Tiere mit denen man Spaß haben kann. Der Anblick des weißen Schwanes mit seinem öligen, schwarzen Ring um den Bauch in nur zwei Metern Entfernung ist jedoch sogar für sein Empfinden etwas makaber.

»Gut. Das geht eindeutig auf dein Konto. Auf die Pro-Seite, der Punkt gehört dir. Aber sag mal, könnten wir alles, was mit Tieren zu tun hat, nicht einfach weglassen? Denn das ist ja irgendwie zu einfach. Was wir mit Tieren machen, das ist ja oft nicht ganz in Ordnung.«

Abgesehen davon, daß er leicht blutige T-Bone-Steaks wirklich sehr gerne ißt. Aber das mit dem Schwan, das ist zu eindeutig. Da könnte sie ja einfach ein Buch über Tierversuche oder ölverschmierte Vögel vorlesen – und hätte sofort gewonnen.

»Ok. Ohne Tiere.«

»Noch was: was ist eigentlich der Einsatz unserer Wette? Ich meine, was bekommt der Gewinner?«

»Kein Einsatz. Wer gewinnt, kann für sich beanspruchen, den anderen überzeugt zu haben. Und das kann dauern. Denn der Verlierer muß hundertprozentig durch die Beweise des anderen von seiner Meinung abgebracht werden. Das ist schwer genug.«

Einverstanden, denkt er. Besonders deshalb, weil das Argument mit der langen Dauer ihm einleuchtet. Je länger das dauert, desto öfter wird er sie sehen können: Er kann sie jeden Tag anrufen, unter dem Vorwand ein ganz tolles Argument gefunden zu haben. Auf dem Weg zurück ist ihre Hand wieder da und er will noch etwas anderes wissen, etwas fragen.

»Sag mal, wie bist du eigentlich auf die Idee mit der Wette gekommen?«

»Wegen dir. Weil du das mit der Antibabypille für Tauben erzählt hast und ich dich eigentlich ganz nett fand. *(Seine Ohren sind empfindlicher und wachsamer, denn je.)*

Und ich dachte, wenn einer wie du schon so denkt, wie steht es dann um all die anderen Matschbirnen? *(Kompliment? Oder Beleidigung? Er ist nicht sicher.)* Weil du das so überzeugt gesagt hast, obwohl ich dich ja nicht blöd finde. Wie all die anderen, wenn sie so was sagen.«

Eine gute Antwort. Doch, er entscheidet sich dafür, sie gut zu finden. Die Antwort und alles andere auch.

nichts geht mehr

Ein Klassentreffen. Das hat gerade noch gefehlt. Sie hat lange geschlafen, zu lange. Ein sicheres Zeichen für einen Tag zwischen Himmel und Hölle. Früh aufstehen bedeutet Aktivität, Bewegung. Selbst wenn nichts zu tun ist. Lange schlafen dagegen ist die Garantie für einen der Tage, an denen selbst die vage Vorstellung »Zeit« unfaßbar ist. Die Stunden marschieren dann so vor ihr auf und ab, in ihren grauen, einfallslosen Uniformen.

Als sie am Telefontisch im Flur vorbeikommt, hat schon jemand die Post hochgeholt, und zuerst kann sie mit der Schrift auf dem Kuvert nichts anfangen.

Hallo Ihr Lieben!

Sieben Jahre sind vergangen und das ist zwar keine runde Zahl, aber dennoch lange genug. Zeit für ein Klassentreffen! Zeit zum Herumschwelgen in alten Zeiten, alte Fotos gucken und natürlich quatschen, quatschen, quatschen.

Wir haben einen der alten LK-Räume zur Verfügung gestellt bekommen und würden uns freuen, wenn Ihr alle vollzählig am 5. April erscheinen würdet.

Bis dann, Eure H.

PS: Ein paar Lehrer werden auch da sein!

Jetzt erkennt sie auch die Schrift. Es ist dieselbe, die immer auf den Rundschreiben zur Organisation von Stufenfahrten oder dem Abiball stand. Schon damals hat sie immer Witze über das Mädel gemacht, das seine Lebensaufgabe dann mit Ende der Schulzeit *(O Jubel, o Freude)* endgültig verloren zu haben schien. Vielleicht sitzt sie jetzt im Vorstand irgendeines Wohltätigkeitsvereins oder einer Bürgerinitiative, wo talentierte Rundbrief-Schreiber immer gern gesehen sind. Abgesehen davon war ja absehbar, daß es alle paar Jahre wieder eine Chance bekommen und sie ergreifen würde: Klassentreffen.

Es hatte immer die gegeben, die es genossen, zur Schule zu gehen. Nicht so sehr wegen dem Unterricht *(diese Spezies war rar, aber es gab auch sie)* als wegen der »lustigen Zeit« dort. Dann die anderen, die die Schule nicht mochten. Und dann gab es sie. Sie haßte es nicht einfach nur oder langweilte sich dort, schwänzte und träumte von der großen Freiheit *(danach)*. Nein, sie hatte sich eingesperrt gefühlt, hatte das Leben draußen gesehen und sich selbst hinter den Gittern der Klassenzimmer. Hatte sich mindestens die letzten fünf Jahre dort mit Sklaven, Zwangsarbeitern und Galeerensträflingen identifiziert. Sich selbst als Opfer der pädagogischen Zwangsvorstellungen der Lehrer begriffen. Als Teil einer Arbeitsbeschaffungsmaßnahme, als vorgeschobenen Grund für die, die auf Lehramt studierten und schließlich irgendwie von der Straße geholt werden mußten.

Sie legt den Brief weg, in eine Schublade, raus aus ihrem Blickfeld. Sie hat es tagelang versucht, sich die Schläfen wund gerieben. Sich angestarrt im Spiegel, ihre Stimme mit dem Diktaphon aufgenommen, um die Fremdheit darin hören zu können. Nichts hat funktioniert. Sie war seit Tagen nicht vor der Tür, hat sich am Telefon verleugnen lassen und manchmal versuchsweise erhöhte Dosen Alkohol zu sich genommen. Obwohl sie schon lange weiß, daß das nichts nützt. Alkohol scheint sogar die entgegengesetzte Wirkung zu haben. Betrunken sein ist wie eine Art innere Hängematte, man fühlt sich pudelwohl darin und alle Ansprüche sinken kellertief.

Nichts hilft mehr. Seit ihrem letzten Ausflug in die Welt da draußen hat sie nicht ein einziges Mal die Möglichkeit gehabt zu entkommen. Sie lebt seit Jahren in einem Loch, und dieses Loch ist die höchst aufdringliche, unveränderbare Wahrnehmung ihrer selbst. Was sie bisher aufrechtgehalten hat, ist die Möglichkeit, zumindest ab und zu dem Blickwinkel aus dem Loch zu entkommen. Sich selbst dabei zu beobachten, wie sie darin verharrt. In unvorhersehbaren, aber dennoch wiederkehrenden Abständen funktionierte der Blick auf sich selbst. Über eine Straße gehen und sich so wunderbar fremd beim Laufen zu fühlen, als sei sie jemand, der sie dabei beobachtet. In den Spiegel sehen und ein menschliches Gesicht, ihr Gesicht, wie das eines anderen betrachten. Mit Menschen reden und sich selbst dabei zuhören. Das sind die einzigen Momente, die eine annähernde Gewißheit vermitteln, daß sie da ist. Daß sie nicht nur aus einem Paar Augen besteht, das aus einem Loch *(ihrer Existenz)* starrt.

Sie ist irgendwann auf die Welt gekommen. Schenkt man biologischen Prinzipien und dem Faktor Zeit sein Vertrauen, ist sie größer geworden, älter und immer mehr zu etwas anderem. Dachte sie und denken alle anderen.

Sie fragt sich, ob sie die einzige ist, die nicht mehr daran glaubt.

Immer öfter stellt sie sich die Frage, und ihr erscheint mittlerweile selbst das Bild von dem Feuerzeug zu optimistisch. Feuerzeuge haben wenigstens oben und unten eine Öffnung, in die etwas von außen eindringen kann.

Ein Blick aus dem Fenster beweist es. Die anderen rennen umher wie aufgescheuchte Hühner. Werfen Blicke auf

Uhren oder in Kalender und versuchen die Zeit festzuhalten. Glauben, sie könnten die Zeit an ihren kurzen Hammelbeinen packen oder vielleicht gar überholen, damit sie all ihre wichtigen Besorgungen erledigen können, ohne daß sie ihnen davonläuft. Manche sind dieses Jahr besonders nervös, wegen dem Datum. Die Jahrtausenwende scheint ihnen ebensoviel Druck zu machen wie der lange Zeiger, wenn er fünf Striche vor der Zwölf direkt neben dem kurzen steht.

Und die Zeit sitzt währenddessen zusammen mit der Veränderung, dem biologischen Verfall und den Erfahrungen auf einem Sofa, entspannt sich und schmunzelt. *Herrlich*, denkt die Zeit, *diese dämlichen Idioten huschen so durch ihre Leben, in permanenter Angst, ich könnte es ihnen ohne Vorwarnung plötzlich entreißen. Ist das schön, immer so dasitzen, mit ein paar guten Freunden, und ohne eigenes Zutun gefürchtet und respektiert zu sein.* Neben ihr sitzt die Erfahrung und lacht sich ins Fäustchen. *Sollen sie mich nur weiter schön sammeln. Wie die fleißigen Bienchen umherschwirren und denken, daß ich es wert bin, angehäuft zu werden. Ist ja auch in Ordnung, worüber sollten sie sich sonst austauschen, wenn sie so zusammen dasitzen?* Schließlich weiß sie, daß ihre Zusammenarbeit mit der Veränderung, die denselben Pullover wie jeden Tag trägt, perfekt organisiert ist. Die denkt: *Ist das immer lustig, wenn sie irgendwann feststellen, daß meine Kollegin, die Erfahrung, ihnen nur was vorgemacht hat. Wenn sie merken, daß es mich gar nicht gibt. Mich! Die sie für die ultimative Krönung ihrer Spezies halten.* Der biologische Verfall denkt gar nichts. Er ist es gewöhnt, daß niemand ihn mag. Denn er ist der letzte im Glied, wenn er kurz vorm Tod in Aktion tritt, sind die anderen meist schon lange egal.

Gegen Abend wird sie nervös. Der Kreide-Umriß an der Wand ist kaum noch zu sehen, es wird dunkel im Zimmer. Heute hat sie wirklich alles versucht, das Wort *Aufgeben!* bahnt sich seinen Weg bis in die letzte Synapse ihres Hirns. Am Nachmittag war sie noch voller Hoffnung, die Idee mit der Wand schien vielversprechend. Nachdem sie ihren Umriß mit blauer Kreide an die weiße Wand gemalt hatte *(die linke Seite war einfach, bei der rechten wurde es kompliziert)*, glaubte sie, kurz vorm Ziel zu sein. Doch jedesmal, wenn sie langsam aus dem Umriß heraustrat, um sich nach einigen Metern Entfernung ruckartig umzudrehen, war es dasselbe: nichts weiter als der beschissene Abdruck ihres Körpers. Sie konnte ihn noch so lange anstarren, nicht eine winzige Sekunde lang sah sie mehr darin. Und so lag sie den ganzen Tag über auf dem Boden, blieb in sich drin, und die Kreide an der Wand wollte sich einfach nicht mit ihr füllen.

Jetzt, wo das Blau an der Wand sich langsam mit dem Dunkel vermischt, kommt auch die Unruhe. Sie zwingt sich zum Nachdenken. Jemanden anrufen und ihm eine Wahrheit sagen, die sie schon immer mal loswerden wollte, sich aber nie zu sagen getraut hat? Das letzte Mal hat es funktioniert, mit diesem langweiligen Schwätzer. Leider wollen ihr keine Frischhaltesäckchen mehr einfallen, die eine Entsorgung wert wären.

Die Sache mit den abgepackten Lügen interessiert sie ohnehin schon gar nicht mehr. Am Anfang war das spannend. Da hatte sie gedacht, die Welt würde irgendwann davon untergehen, das war vielversprechend. Allein die Vorstellung vom Weltuntergang hatte sie verzaubert. Weil er in ein und derselben Minute allen auf einmal gezeigt hätte: Es gibt uns wirklich. Halleluja.

Sie hätte so gerne gewußt, ob es ein großes *Schade*! gäbe, beim Untergehen. Ob im Moment des großen Knalls endlich klar wird, daß da vorher etwas war, das sie sich nicht nur eingebildet hat. Ob in diesem Moment alles, was sie in ihrem Loch bis dato allein erlebt hat, nach außen geschleudert würde und die letzten Minuten der Erde in einem großartigen, gemeinsamen Fest aller aus ihren Löchern befreiten Existenzformen gipfeln würden. Vielleicht würden sich alle in diesem letzten Moment gegenseitig gestehen, daß sie ganz genauso wie sie schon immer dachten, sie seien die einzigen, die im Loch ihres Lebens dahinvegetieren. Jeder könnte bei diesem kurzen Fest sich selbst und alles andere umarmen, die Löcher hinter sich lassen und die letzten Sekunden des Daseins feiern. Es hätte die Party ihres Lebens sein können, vielleicht die erste, auf die sie wirklich gern gegangen wäre. Aber das zählt nicht mehr. Weil die Welt nicht untergehen wird. Weil sie sich seit Jahrhunderten standhaft weigert. Wieso also sollte sie es wegen ein paar Frischhaltesäckchen tun?

Auch die Methode mit dem Schmerz ist purer Unsinn. Das hat sie schon vor längerer Zeit aufgegeben. Mag sein, daß Yogis und all die anderen Esoterikfreaks wirklich wissen, wie man den Körper ablegt. Aber eben nur den Körper. Der verblaßt tatsächlich vorübergehend, wenn man sich schneidet oder ein heißes Bügeleisen auf die Haut legt. Das ungenügende Resultat hat sie von dieser Methode abgebracht, nur-der-Körper reicht einfach nicht. *(Außerdem haben ihr Ex-Freund und manchmal auch G. sie immer so komisch angeguckt, wenn sie erklärte, ihr sei das Bügeleisen auf den Oberschenkel gefallen oder das Messer in die Wade.)* Sie will sich selbst, und das ist mehr als nur den Körper, hinter sich lassen.

Selbstbefriedigung war eine Zeitlang effektiv. Sobald sie den Finger reinsteckte und sich dabei im Spiegel zusah, war die Distanz sehr groß. Sie empfand nichts Sexuelles dabei, aber wenn sie da so an sich herumfummelte, versetzte sie der Anblick ihrer selbst meilenweit weg. So peinlich war er. Als sie es vor ein paar Tagen versuchte, war da nur Langeweile. Sie glaubt, daß früher die Scham eine große Rolle spielte. Seitdem sie die Methode zu sehr ausgereizt hat, schämt sie sich nicht mehr, und deshalb passiert auch nichts.

Jemand müßte ihr zuschauen. Das ist es. Die Wahrheit sagen und sämtliche Plastiksäckchen zum Platzen bringen schien zunächst die perfekte Lösung zu sein. Genauso wie der Schmerz erwies sich das als Strohfeuer, war nur beim ersten Mal scheinbar wirksam. Aber das hier könnte die Lösung sein.

Sie wartet. Plant währenddessen alles bis ins kleinste Detail. Die Linie neun ist nach zwölf Uhr nachts ziemlich leer, außerdem fährt sie unterirdisch. Andererseits ist es vielleicht nicht lange genug. Ein Zug. Sie wird mit dem Zug fahren. Nach Düsseldorf, dann reicht die Zeit, und außerdem gibt es diese Abteile, in denen nachts fast immer nur eine Person sitzt. Sie entscheidet sich für einen Rock mit Strümpfen, eine Strumpfhose würde stören und eine Unterhose natürlich auch.

Am Fahrkartenautomat im Bahnhof zögert sie. Denkt an die Filme, in denen Nymphomaninnen oder Exhibitionisten solche Dinge tun, um sich aufzugeilen. Wirft dann das Geld ein. Sie hat andere Gründe, und das allein zählt.

Der Zug ist wie erwartet schön leer. Sie entscheidet sich auf Anhieb für einen unattraktiven, ungefähr Mitte vierzigjährigen Mann, der allein in einem Abteil sitzt. Setzt sich ihm gegenüber und wartet, bis der Schaffner vorbeigekommen ist. Der Mann sieht aus dem Fenster, sein Aktenkoffer liegt neben ihm. Manchmal wirft er ihr einen

Blick durch das Spiegelbild im Fenster zu, ihr Rock ist ziemlich kurz. Sehr gut. Zwischen Köln-Mühlheim und Dormagen macht sie es. Der Zeitpunkt ist günstig. Er wundert sich kurz, sagt aber nichts.

Sie öffnet die Beine, er muß ihr Geschlecht im Spiegelbild sehen können. Zuckt leicht zusammen. Sie faßt sich mit ihrer Hand an, nimmt die andere dazu und öffnet alles weit. Er reagiert nicht. Starrt aus dem Fenster und schielt in kurzen Abständen zu ihr. Sie hebt die Füße, stellt sie auf die Kante des Sitzes. Er wird rot und abwechselnd weiß. Dann dreht er den Kopf und sieht genau hin. Alles verläuft nach Plan, sie spürt, wie die fünf Buchstaben unaufhaltsam in ihr hochkriechen, jeder einzelne davon mit einem Plumpsen in ihrem Bewußtsein landet. S-C-H-A-M. Dann, wie sich ihr Blick verändert. Wie er rauswandert aus dem Zugabteil und von außen durch die Fensterscheibe sieht. Draußen, im dunklen Fahrtwind beobachtet der Blick *(beobachtet sie, es funktioniert perfekt)*, wie sich ihr Finger hineinbohrt und wieder herausgezogen wird. Wie der Mann gegenüber sich über seine Halbglatze streicht und seine Augen zwischen ihre Beine genagelt sind. Sich an ihrem Finger festsaugen, den sie jetzt schnell und immer schneller hineinstößt. Ihn so weit hinauszieht, daß er fast sein Knie berührt, die Flüssigkeit darauf und die Schnelligkeit, mit der er wieder in ihr verschwindet.

Der Blick betrachtet sie und sie spürt das und wartet. Darauf, daß er die, die da mit weit geöffneten Beinen sitzt, voll und ganz erfaßt. Daß er ihr beweist, daß es möglich ist. Daß der Blick vielleicht sogar *(die Methode wird immer vielversprechender, sie beginnt zu hoffen)* für immer da draußen bleiben wird. Sie nimmt einen zweiten Finger dazu, sieht nicht zu dem Mann hinüber, dessen Hose sich langsam spannt, sondern richtet ihre Augen unverwandt auf das Fenster. Ist so voller Erwartung, daß sie zwischenzeitlich sogar die Scham vergißt. Mit jedem Eintauchen der Finger legt sie einen Schritt mehr zurück. Schon zeichnet sich etwas ab, von dem sie hofft, daß es ihr verraten kann, wie sie auch in Zukunft raus aus dem Loch kann. Wie sie den erdigen Rand beiseite schaufeln und vielleicht gar für immer –

Als der Mann seine Hose aufmacht und ein rotes, erigiertes Ding in der Hand hält. Seine Hand daran auf- und abgleiten läßt. Den Kopf zurücklehnt und zwischen halbgeschlossenen Lidern weiter auf ihre Finger starrt, die jetzt langsamer werden.

Draußen wird der Fahrtwind plötzlich stärker und der Blick hat Mühe, nicht weggeweht zu werden. Klammert sich aber noch an den Rahmen des Fensters. Sieht noch, wie

eine haarige Hand mit abgebissenen Fingernägeln sich auf ihr Geschlecht zubewegt. Wie sie sie wegstößt und angestrengt zu dem Fenster schaut. Der Blick draußen weiß, wieviel Hoffnung auf ihm lastet und stemmt sich gegen den Wind. Klammert sich an den Rahmen des Fensters.

Das letzte, was ihr Blick von draußen wahrnimmt, ist die behaarte Hand auf ihrem Geschlecht. Als der Rahmen ihm entgleitet und er schon fast weggepustet wird, ist die erste Träne schon an ihrem Kieferknochen angelangt. Dann hat er den Halt endgültig verloren und es gibt keinen Blick mehr, der von außen zuschaut. Nur noch sie, die nicht sich selbst, dafür aber die gesamte Abartigkeit der Vorgänge im Zugabteil wahrnimmt.

Eine zweite, dritte, vierte Träne gesellt sich dazu, und ihre Hände sinken auf die gepolsterte Sitzfläche. Es fing so vielversprechend an. Die Fremdheit, die sie braucht wie die Luft zum Atmen, war wieder da. Der Beweis.

Ihre Verzweiflung ist so groß, daß sie die Vorgänge im Zugabteil zunächst gar nicht bemerkt. Das schwitzende Gesicht unter ihr gräbt sich so unbemerkt in ihren Schoß. Dann sieht sie es, spürt aber die Zunge an ihren Schamlippen noch nicht.

Als sie dann doch merkt, daß da etwas ist, bläht sich die Welle des Ekels in ihr zu etwas auf, das unerwartet größer als die Enttäuschung ist.

Und der Zug hält an. An einem ausgestorbenen Bahnhof, irgendwo kurz vor Düsseldorf. Der Ekel wächst mit jedem Schmatzen, das der Mann zwischen ihren Beinen von sich gibt – und der Zug steht. Alles in ihr, alles an ihr will ihn wegschubsen und weg hier, weg hier.

Am Fenster tut sich nichts, der Blick ist weg. Sie ist einfach nur noch ein perverser Fahrgast, der das Ausmaß der Situation jetzt mit voller Breitseite zu spüren bekommt. Sie steht auf und steigt über den Mann, der auf dem Boden hockt und gerade seine Hose vollwichst. Mit dem Absatz bleibt sie kurz – aber lange genug – auf seiner Hand stehen. Jetzt stöhnt der Mann laut auf, aber sie hört das nur gedämpft. Weil sie schon draußen auf dem Gang ist. Den Rock glatt streicht und sich zu der Handvoll Menschen gesellt, die in Düsseldorf aussteigen wollen. Dann eine von denen wird, die von der Rolltreppe aufgesogen werden.

verhinderte cowboys

Wenn ihm jemand genau jetzt diese Frauenzeitschrift (*eine von denen, in der sogenannte Lifestyle-Tips gegenüber Kochrezepten in der Mehrzahl sind)* mit dem Sextest unter die Nase halten würde, die er irgendwann mal bei T. im Auto gefunden hat, wüßte er, was er ankreuzen würde: Bin enorm zufrieden mit meinem Sexualleben. In seiner momentanen Verfassung würde er vielleicht sogar ein neues Feld zum Ankreuzen erfinden, eins, in dem steht: Bin glücklich. Aber wenn er es recht bedenkt, würde dieses Feld wohl von einer Reihe mäßig zufriedengestellter Teilnehmer ausgefüllt werden, die nicht den Mut haben, eines der Felder mit: na ja, es geht schon, anzukreuzen. Der Sexualpartner könnte es lesen, und es hört sich besser an, wenn auch ein wenig lapidar.

Er fühlt sich nun aber alles andere als lapidar. Mit ihr. In seinem Arm. Mit ihrer Wange auf seiner Brust, die anzuschwellen scheint und die er gar nicht mehr als *Problemzone* empfindet. Weil sie darauf liegt und in regelmäßigen Abständen einen Kuß darauf drückt. Die Situation könnte nur durch ein bestimmtes Detail noch perfekter werden. Etwas Schreckliches müßte passieren, vielleicht, daß das Haus einstürzt. Er würde sich heldenhaft über sie werfen, ihren Körper mit seinem bedecken. Nicht wie vorher, sondern zum Schutz. Die Betonbrocken würden auf ihn einstürzen, und er würde sterben, um sie zu retten.

Später würde sie weinend an seiner Leiche knien, und er würde das alles von oben sehen und wissen, daß er keinen besseren Abgang hätte haben können. Oder aber, er würde gar nicht sterben, weil die herabfallenden Brocken seinem gestählten Rücken nichts anhaben könnten. Er würde dann keinen dramatischen Abgang haben, aber dafür müßte sie für immer bei ihm bleiben. Weil er schließlich ihr Leben gerettet hätte, und was das bedeutet, weiß jeder, es –

»Hast du irgendwas zum Abwischen?«

Noch gefangen in seinen Träumereien, will er antworten: *Bewahre meinen Saft, er ist der Quell des Lebens! Den wischt man nicht einfach weg!* Fängt sich statt dessen und reicht ihr ein Tempo.

»Also, ehrlich. Nicht nur, daß wir uns um die Scheiße kümmern müssen, die er bei uns anrichten kann – nein, wir müssen ihn auch noch abputzen. Den glibberigen Matsch.«

Spätestens jetzt ist er wieder auf dem Boden der Tatsachen. Sieht ihr dabei zu, wie sie mit spitzen Fingern die Innenseiten ihrer Oberschenkel saubermacht.

»Also los, dann wollen wir mal.«

Diesmal verkneift er sich aufschiebende Fragen, sie legen gleich los.

Er: »Ampeln.«

Erdnußmädchen: »Bitte?«

Er *(leicht verärgert):*»Na, Ampeln.«

Erdnußmädchen: »Du willst, daß ich Ampeln auf deine Contra-Seite schreibe? Ernsthaft?«

Er: »Ja, doch. Ja, das will ich. Wenn wir durchgeknallt wären, würden wir uns einfach über den Haufen fahren, dann gäb's keine Ampeln.«

Erdnußmädchen *(seufzt)*: »Na gut. Ich hätte da noch

beheizte Autositze für meine Seite anzubieten, die passen wenigstens dazu.«

Er: »57% der Amerikaner halten Bill für schuldig, Monica seine Zigarre reingesteckt zu haben, wollen ihn aber trotzdem weiter als Präsidenten haben. So bescheuert sind die Amis also gar nicht.«

(Er zögert, das könnte auch ein Beweis für die Gegenseite sein, aber sie reagiert nicht.)

Erdnußmädchen: »Was hältst du von Urlaubsanlagen mit Animationsprogrammen zur Unterstützung der Freizeitgestaltung?«

Er: »Der Punkt geht an dich, eindeutig. Schreib auf meine Seite: Generationenvertrag.«

Erdnußmädchen: »Gilt nicht. Der funktioniert ja jetzt schon nicht mehr, sagt außerdem nichts über Verrücktsein oder nicht aus.«

Er: »Es geht um die Idee.«

Erdnußmädchen *(schreibt es widerwillig auf)*: »Na gut. Prozac.«

Er: »Die UNO. Und bevor du irgendwas sagst: als Versuch, die Politik aller Staaten zu koordinieren.«

Erdnußmädchen: »Damenbinden mit Anti-Rutsch-System und Menstruationsblutverdickungsgel.«

Er *(stolz, das hat er im Fernsehen gesehen):* »Menschen, die in Katastrophengebieten unentgeltlich humanitäre Hilfe leisten.«

Erdnußmädchen: »Na ja. Dann werd ich mal gleich daneben, auf meine Seite schreiben: Menschen, die glauben, daß Menschen, die unentgeltlich humanitäre Hilfe in Krisengebieten leisten, das aus uneigennützigen Gründen täten. *(Er öffnet den Mund und will sich sehr aufregen).* Moment – das ist ja nicht alles: und die dann noch da-von ausgehen, die paar Hanseln stellten einen Beweis dafür dar, daß der Rest so durchgeknallt nicht sein kann.«

Er *(trotzig jetzt)*: »Kannste gleich auf meine Seite schreiben: Das Grundgesetz, wenn du schon dabei bist.«

Erdnußmädchen: »Wenn du meinst. Ist ja deine Seite, deine Punkte, die du mit solchem Quatsch verplemperst. Aber bleiben wir beim Thema: Wahlen. Das kommt auf meine Seite.«

Er *(lacht laut und sagt noch lauter)*: »Das kannst du auch auf meine schreiben. Wollte ich gerade sagen. Wahlen, als Beweis für den Willen, eine Gesellschaft gemeinsam zu gestalten – dürfen die in der Geschlossenen eigentlich wählen?«

Dann streiten sie sich. Als es vorbei ist, weil sie gegangen ist, weiß er nicht mehr, wie es eigentlich dazu kam. Am Anfang des Abends glaubte er noch, ein wenig Gefallen an der Wette gefunden zu haben. Erzwungenermaßen, weil sie jedesmal einfach gegangen ist, wenn er nicht mitmachen wollte. Das wird ihm jetzt klar.

Er hat noch nie darüber nachgedacht, wie es um den Geisteszustand der Welt bestellt ist. Er lebt darin, begreift sich als einen Teil davon, und fertig. Als er so dasitzt *(mit seinem Bier in der Hand und ihrer halb ausgetrunkenen Flasche vor sich, die ihm ihre Abwesenheit vor Augen führt)* wird ihm klar, daß er eigentlich gar nicht unzufrieden ist mit der Welt, so wie sie ist. Er mag die Stadt, mit all ihren Neurosen. Ja, er mag sogar Autos und technologische Erfindungen, und es ist ihm egal, ob sein Frühstücksei von glücklichen, freilaufenden Hühnern kommt oder nicht. Dabei ist ihm nicht entgangen, daß es auch Dinge gibt, die ihm nicht gefallen. Erwachsenwerden, wenn das Schrankwände und Rentenkassenbeitragszahlungen einschließt, zum Beispiel. Oder Beziehungen, wenn sie in Diskussionen über »Du-nimmst-immer-nur-gibst-aber-nie« ausarten, oder in Kegelabende *(wahlweise auch Canasta-Runden)* mit befreundeten Pärchen. Es ist auch nicht so, daß er es täglich genießt, von all den Spinnern auf der Straße angerempelt zu werden. Aber niemand, und daran glaubt er ganz fest, ist dazu verdammt, sich dem auszusetzen. Es steht jedem frei, in den Wald zu fahren, um den Spinnern zu entkommen. Oder die Schrankwände in den Möbelzentren verrotten zu lassen. Und niemand wird dazu gezwungen, mit einem Menschen zusammenzuleben, der ihn nach ein paar Jahren ankotzt.

Die Menschen tun diese Dinge trotzdem, sie entscheiden sich dafür. Bitteschön. Denkt er und schreibt es gleich auf den DIN-A3-Bogen, der zum schriftlich fixierten Teil einer Wette wurde, die er nicht mehr versteht. Was treibt einen Menschen dazu, über solche Dinge nachzudenken? Und nicht nur das: sie sogar auf ein Blatt zu schreiben und von einem anderen zu erwarten, daß er sie widerlegt. Von ihm! Wo er doch gar keiner ist, der ernsthaft bestreiten würde, daß es auf der Straße von frustrierten Irren nur so wimmelt. Eben den Irren, die all die Dinge tun, die sie eigentlich unglücklich machen. Der Brief, der heute im Briefkasten lag, fällt ihm ein. Genau diese Klientel ist es, die Klassentreffen veranstaltet. Sie versammeln sich alle paar Jahre, um die kläglichen Beweise ihres ebenso kläglichen Daseins miteinander zu vergleichen. Dann gehen sie, gestärkt von den natürlich viel kläglicheren Leben der anderen, beruhigt in ihr eigenes zurück. Bis zum nächsten Mal.

Er ist nicht der Richtige für so eine Wette. Wenn er es wäre, müßte er rückhaltlos hinter den Worten stehen, die auf seine Seite, die Contra-Seite, gekritzelt sind. Und das tut er nicht. Er glaubt nicht an Ampeln, das Grundgesetz oder die UNO. Alles woran er glaubt, ist, daß es irgendwo in dem Wust von Lebenskonzepten einen Platz für ihn gibt. Einen, den letztlich jeder suchen und finden kann.

Sie nicht. Sie scheint davon überzeugt zu sein, daß das unmöglich ist, weil das, was sie »durchgeknallte Welt« nennt, jeden einzelnen Winkel durchdringt. Woher nimmt sie diese Gewißheit? Sie kann nicht jeden dieser Winkel kennen, um das zu behaupten.

Er hat nichts davon gesagt, in dem heftigen Wortwechsel, der ihrem Aufbruch vorausging. Sie hat ihm wieder einmal vorgeworfen, daß er nicht kapieren würde, worum es überhaupt gehe. Das bestritt er und war ein kleines bißchen beleidigt, weil sie so schroff war. Dabei hatte sie eigentlich recht. Für ihn ist die Welt in Ordnung, auch wenn er sie nicht perfekt findet. Sie will ihn aber dazu zwingen, daß er sie rückhaltlos perfekt findet – oder aber *(und auch das wird ihm jetzt erst klar)*, daß er ihre Meinung übernimmt. Er wirft einen Blick auf seine Seite des DIN-A3-Blattes. Nichts von dem, was da steht, entspricht wirklich seiner Einstellung. Nichts, außer dem Wort »Wahlen«, das er jetzt ergänzt.

»Die Möglichkeit, zu wählen (nicht im politischen Sinn).«

Schreibt er. Und dann noch

»Ich kann wählen, was aus mir und meinem Leben werden soll. Jeder kann das.«

So. Und dann ruft er T. an, um sich mit ihm zu vertragen.

T. ist zu Hause und sogar allein. Und er ist bereit, sich mit ihm zu treffen. Im Six-Pack kommen sie dann gleich zur Sache.

»Frieden, ok? Ich hätte das alles nicht sagen sollen.«

Er will gerade loslegen, von dem Erdnußmädchen und davon, daß er es auch ärgerlich fände, wenn T. so über sie reden würde. Kommt jedoch nicht dazu, weil T. sagt

»Laß mal, du warst ja nur ehrlich. Vielleicht hattest du sogar recht.«

Eigentlich hätte er sich ganz gerne darüber ausgetauscht, wie man sich am besten verhält. Wenn man anfängt, sich Gedanken darüber zu machen, wie es weitergehen soll. Vielleicht wäre er sogar ehrlich gewesen, hätte zugegeben, daß er sehr genau weiß, wie es weitergehen sollte. Oder gar, daß er, nun ja, daß er verliebt ist. Er hätte es erzählt, wenn T. nicht in einer komplett anderen Stimmung gewesen wäre.

»Ich will nicht drüber reden. Was hältst du davon, wenn wir uns gründlich, vorsätzlich und feierlich betrinken? Zwei, nein, vier braune Tequilas, bitte.«

Der Plan funktioniert. Als sie in der Spätvorstellung von Hi-Lo Country sitzen, sind sie fast genauso betrunken wie die Cowboys im Saloon. Der Film gefällt ihm ganz gut, sein Urteil ist allerdings nicht vergleichbar mit T.s Begeisterung. Sie bleiben sitzen, als die Handvoll anderer Kinobesucher schon draußen ist.

»Dieser Film wird mein Leben verändern, das ist klar.«

»Ach T., das sagst du nach jedem einigermaßen guten Film. Weißt du noch, wie du wegen Fargo nach Minnesota auswandern und dort eine Polizistin heiraten wolltest?«

Sie suchen eine Bar, in der sie Whiskey trinken und die Gläser über die Theke rutschen lassen können *(genauer gesagt: T. sucht eine)*, finden aber keine.

Gegen drei Uhr polstern sie ihre Magenwände mit Kebap und nehmen erneut Anlauf, diesmal mit Raki.

»Meinst du, man wird blind von dem Zeug?«

»Bestimmt.«

T. setzt eine sehnsüchtige Miene auf.

»Warum gibt es das eigentlich nicht mehr? Eine Welt, in der Männer nach Kuhscheiße stinken und ihre Freundschaft miteinander über allem steht? Sogar über den Frauen. Überleg doch mal, wir haben uns gestritten, wegen einer Frau. Und Big Boy hat die ganze Zeit gewußt, daß Pete Mona gebumst hat – trotzdem war ihm die Freundschaft wichtiger.«

Sein Tonfall ist mittlerweile etwas schwerer geworden, die meisten Konsonanten verschluckt er.

»Damit eins klar ist: ich hab deine Freundin nicht angerührt! *(Noch nicht mal daran gedacht hat er, aber das behält er für sich.)* Wir haben uns ja auch wieder vertragen. Willst du wirklich lieber in so einem Nest leben und dich vor lauter Langweile jeden Abend mit anderen Bauern kloppen?«

»Vielleicht. So ein Leben ist wenigstens ehrlich. Es gibt nicht viel, über das man diskutieren muß, und außerdem könnten wir abends immer in den Sonnenuntergang reiten, mit einer Flasche in der Hand und Kautabak in der Backe …«

»Nie wieder Fernsehen? Und deinen Laptop würdest du genauso wegschmeißen wie deine Platten? Du würdest freiwillig jeden Tag Kühe durch die Gegend scheuchen?!«

»Na ja, ein paar Sachen könnte man ja so lassen, wie sie sind …«

»Vergiß es. Du würdest spätestens nach einer Woche deine Satteltaschen packen, dort gibt es nämlich übrigens auch keine Videothek an der Ecke. Dort geht man zum Bingo.«

Noch später landen sie auf einer Bank am Ring, jeder zwei Bierflaschen in den Jackentaschen und eine in der

Hand. Der Penner, der immer einen Einkaufswagen vor sich herschiebt und vier Mützen übereinander trägt, setzt sich zu ihnen.

»Eins sag ich euch: wenn die heilige Jungfrau Maria gewußt hätte, daß die Menschen später mal so werden würden, wie sie heute sind, dann hätte sie gleich vier Heinlandse geboren, weil einer nicht reichen tut. Ist ja klar, oder? Krieg ich ein Bier?«

Noch später hat der Penner, der Gabriel *(so wie der Erzengel)* heißt, ihnen zwei seiner Mützen geschenkt und seinen Schlafsack auf dem Boden ausgebreitet.

»Sag mal, was ist denn eigentlich aus deiner Wette geworden?«

T. macht den Reißverschluß zu, weil Gabriel die Hände schon im Schlafsack hat und sonst friert.

»Frag nicht. Ich bin da in eine ganz böse Sache reingeraten. Am Anfang war es ja ganz lustig, mittlerweile eher nicht mehr. Die meint das alles irgendwie ernster, als ich gedacht hätte.«

»Will sie bei dir einziehen, oder was?«

Schön wär's, denkt er. Sagt aber

»Das nicht gerade. Ich hab momentan keine Lust, darüber zu reden.«

T. stellt sich auf die Bank und ruft

»Auf die Weiber – die uns erst Flügel verleihen, um sie uns gleich wieder wegzunehmen, damit wir sehen, daß es ohne sie nicht geht. Mit dem Fliegen.«

Er setzt sich wieder.

»Ist doch alles Scheiße.«

»Vielleicht sollten wir schwul werden.«

»Hab ich auch schon überlegt. Aber ich kann mir partout nicht vorstellen, an deinem Stinkeschwanz rumzunuckeln.«

Noch viel später, als es schon anfängt zu dämmern, fahren sie in den Wald. Betrachten das große Rosa am Himmel und drehen eine Hasenleiche um, die am Bach liegt.

»Warum der wohl tot ist. Guck mal, er hat den Bauch offen.«

»Vielleicht hat ihn seine Hasenbraut verlassen, und da hat er sich auf einen spitzen Stein geworfen. Ein hübscher Kerl, eigentlich. Die Alte wird es bereuen.«

Sie versichern sich gegenseitig, daß sie beide eigentlich auch hübsche Kerle sind.

»Obwohl ich immer fand, daß du besser aussiehst. Hab ich dir das eigentlich mal gesagt? Früher, so mit sechzehn, siebzehn, hatte ich immer Komplexe. Fand, du sahst aus wie der junge Brando.«

T. kichert und kniet sich neben den toten Hasen.

»Und heute?«

Jetzt grinst er auch, ahnt schon, was kommt.

»Na, wie der alte Brando. Die Zeit bleibt nicht stehen, mein Freund. Sie hinterläßt ihre Spuren.«

Eine leere Zigarettenschachtel prallt an T.s Kopf ab.

Sie buddeln eine kleine Grube, für den Leichnam. Finden einen Kuli und einen alten Flyer im Auto, auf den sie schreiben:

Für einen lieben Freund und ein weiteres Opfer auf dem Friedhof der gescheiterten Hoffnungen. Wir werden dich rächen.

Im Auto hören sie einen Schlagersender. Nach dem ersten Refrain singen sie gemeinsam mit Udo: *Im Kühlschrank brennt noch Licht – oh ja, auch wenn's sonst überall erlischt – ich wart im Dunkeln, denk an dich.*

Kurz bevor er aussteigt, um den Rest des Tages bei geschlossenen Rollos und mit dem Kopf unter dem Kissen zu verbringen, fällt ihm wieder ein, was er fragen wollte.

»Was ist denn jetzt eigentlich, mit dir und der Schauspielerin?«

»Weiß noch nicht. Vielleicht hast du recht, es ist noch zu früh für die Ehe.«

Etwas liegt ihm auf der belegten Zunge, aber er läßt es, wo es ist. Sie wissen beide, daß T. morgen schon wieder anders darüber denken wird.

heute gibt's rosen

Schlafen hat sich als sehr wirksam erwiesen. Je öfter man nach einem unangenehmen Erlebnis geschlafen hat, desto erträglicher wird es. Sie hat eine Woche lang beinahe jeden Tag satte fünfzehn Stunden geschlafen, die Nickerchen am Nachmittag nicht eingerechnet. In den wenigen, wachen Stunden hat sie versucht, so wenig wie möglich nachzudenken. Die Sache mit dem Zug hat ihren Platz auf dem Friedhof ihrer Erinnerungen gefunden. Bald wird sie dort verwesen, bis irgendwann nur noch Zeitpunkt, Abteilnummer und ein paar Randdaten übrig sind. Sich selbst und die wenigen Menschen, die sie noch anrufen *(nachdem sie in den vergangenen Monaten so gut wie nie einer Einladung oder Verabredung folgte)*, hat sie davon überzeugt, sie sei krank. G. kommt ab und zu und geht dann wieder. Sie hat ein Tief, kein Mann am Horizont, der sie erregen oder wenigstens aufregen könnte.

Vorgestern sagte sie

»Ich will hoffen, daß du mich nicht angesteckt hast, mit deiner Theorie. Zur Zeit ist manchmal alles so leer, in mir. Ist das dasselbe, wie das, was du hast?«

Etwas, das ein kleines bißchen wie Angst aussah, war in ihren Augen. Aber sie wissen beide, daß es wieder weggeht. G. hangelt sich seitdem sie denken kann von Liebe zu Liebe. Es wird nicht lange dauern, und sie kann, gestärkt durch ihren unverwüstlichen Enthusiasmus, weitersuchen. G. wird niemals aufgeben.

Eines Abends steht der neue Mitbewohner vor ihrer Tür, mit einer Flasche Wein. Sein Gesicht, so unverbraucht durch ihre Blicke *(sie hat ihn noch nie wirklich angesehen, und er wohnt seit einem halben Jahr hier)* löst einen ebenso plötzlichen wie ungewohnten Anfall von Interesse in ihr aus. Deshalb bittet sie ihn herein.

»Was machst du eigentlich immer hier drinnen, man hört nie was von dir?«

Sie faselt etwas von einem bevorstehenden Examen. Er glaubt ihr. Sie unterhalten sich eine Weile über den schrulligen Vermieter, sie macht ihre Sache ganz gut. Quatscht vor sich hin und lacht sogar manchmal, wie man das so macht.

»Ja, ja, das ist schon ein komischer Typ. Hat er dich auch beim Einzug nach deinem Lebenswandel gefragt? Von mir wollte er wissen, ob ich gedenke, manchmal ›junge, weibliche Bekanntschaften‹ mitzubringen.«

Dann *(sie weiß nicht, was der Auslöser war, vielleicht sein vertrauenerweckendes Lächeln)* packt es sie plötzlich. Sie nimmt einen großzügigen Schluck Wein und sagt

»Was war dein schlimmstes Erlebnis, in den letzten Jahren? Ist jemand gestorben, hat dich jemand verletzt oder sonstwas? Sag ehrlich.«

Er ist unsicher. Gibt sich Mühe, die Frage unter Small talk zu verbuchen, es gelingt ihm nicht recht.

»Warum willst du das wissen?«

»Das erklär ich dir, wenn du mir antwortest.«

»Mein bester Freund ist vor zwei Jahren bei einem Autounfall ums Leben gekommen. Ich saß mit in dem Auto, war aber angeschnallt. Mir und den anderen ist kaum was passiert, aber er war der vierte, hinten auf der Rückbank.«

Als er kurz darauf einfach geht, weiß sie schon, daß sie übertrieben hat. Aber zunächst muß sie es wissen und ihr ist egal, ob das unhöflich ist.

»Tut das heute noch weh?«

»Na klar. Was denkst du denn, daß man so was einfach vergißt oder was? Sag mal, stellst du so dumme Fragen wegen deinem Examen? Studierst du Psychologie oder was?«

Schon will er aufstehen. Aber sie klammert sich an seinen Arm.

»Ich muß es wissen. Bitte, es ist sehr wichtig.«

Er steht vor ihr und sieht sie an, wie einen ekligen Käfer.

»Du bist bescheuert. Ich komm hier rein, will eine Flasche Wein mit dir trinken und mich ganz normal unterhalten. Und du kommst mir mit einer so stumpfsinnigen Frage.«

Als er die Tür schon geöffnet hat, ruft sie ihm hinterher

»Und was ist mit dem Krieg? Spürst du den Krieg? Wenn sie die Leichenberge zeigen, hast du sie dann im Kopf oder spiegeln sie sich nur in deinen Augen?«

Sein Kopf in der Tür, mit dem verächtlichen Ausdruck im Gesicht, tut ihr nicht weh. Sie würde auch noch viel peinlichere Dinge tun, dafür. *(In Zügen sitzen und sich den Finger vor anderen Leuten reinstecken, zum Beispiel.)*

»Vielleicht solltest du dich mal untersuchen lassen. Tschüs.«

Am nächsten Morgen steht sie auf, nach nur sechs Stunden Augen zu, und beschließt, in die Uni zu gehen. Weil sie nicht mehr alleine sein kann. Spricht mit niemandem und geht einfach weiter, wenn jemand sie begrüßt. Sucht sich einen Platz im Hörsaal und bleibt den ganzen Mittag und Nachmittag dort sitzen. Hört vier Vorlesungen und beobachtet, wie alle außer ihr aufstehen und rausgehen, wenn eine davon zu Ende ist. Nach ein paar Minuten strömen dann wieder neue Massen herein, ein anderer Mensch in dunkelblauer oder grauer Kleidung stellt sich ans Rednerpult, und es geht weiter. Zunächst beruhigt es sie einfach. Der monotone, ununterbrochene Redefluß und das auf- und abschwellende Raunen und Rascheln um sie herum.

Gegen Abend *(mitten in einer Jura-Vorlesung über Völkerrecht, oder so)* stellt sie fest, daß sie Hunger hat. Achtundvierzig Stunden Fasten haben sie vergessen lassen, was genau das ist. Aber etwas im Bauch ist nicht in Ordnung, und sie wird nun etwas essen müssen. Ganz, ganz früher, da half Fasten noch. Da hat sie Geräusche zehnfach verdoppelt gehört und Gegenstände in besonders scharfen Umrissen gesehen. Konnte manchmal schon nach einem Tag ohne Nahrung Erfolge erzielen, ohne weitere Maßnahmen zu treffen. Sie erlaubt sich einen Seufzer, den einer, an dem sie sich vorbei nach draußen schiebt, mit einem seltsamen Blick quittiert. Vielleicht liegt es aber auch an ihrem Aussehen, das nur noch als ungepflegt bezeichnet werden kann. Haare waschen oder gar schminken zählt nicht mehr zu ihren Grundbedürfnissen.

Ja, früher, da reichte ein Tag Fasten. Da brauchte sie nur noch in den Spiegel zu gucken, und schon war es soweit. Wenn sie sich dann ein paar Stunden zugesehen hatte, konnte sie manchmal bis zu einer Woche sicher sein. (*Denn sie hatte sich ja gesehen.*) Sie wußte, daß sie *da war.* Daß sie da war und sekündlich etwas anderes wurde. Daß sie da war und ihre Haare und Fingernägel wuchsen. Daß sie da war, und dann konnte sie sogar an die Zeit glauben. Schließlich sah sie sie, genau vor ihren Augen. Lief sie ab, und wenn sie sich nicht bewegte, bis der Abend kam, konnte sie hinter ihrem Körper, im Fenster, sehen, wie es dunkel wurde. Ja, früher, da reichten ein paar Stunden Nahrungsverweigerung.

Sie lacht. Wieder sieht sie eine, an der sie vorbeigeht, an und wundert sich. Guck nicht so blöd, denkt sie.

Ob sie ihr erzählen soll, daß Fasten nicht mehr reicht, und sie langsam Angst vor sich selber hat? Ein anderer neben ihr, der ein Brötchen mit Käse kauft, ist ein Mann. Wo sie gerade an früher denkt, fällt ihr ein, daß es eine Zeit gab *(damals, da war sie halbwegs sicher, daß es sie gab, die Zeit)*, in der sie sich wegen eines Mannes fast jeden Tag sicher fühlte. Weil der ihr ständig weh tat, andere Frauen bumste oder über ihre Ideen lachte. Ihre Gedichte. Seit langem hat sie keines mehr produziert. Worüber denn auch? Empfindungen oder Erlebnisse hat sie nicht mehr. Die Worte über die Tatsache, daß sie keine mehr hat *(Worte, Empfindungen und Erlebnisse)*, haben sich irgendwann nur noch wiederholt.

Meine Güte, daß du aber auch immer so rumgrübeln mußt, hat dieser Mann, ihr Ex-Freund, immer gesagt. Das war eine schöne Zeit. Sie hatte viel geweint, war oft so traurig, daß sie nicht mal fasten brauchte. Es genügte, wenn sie zum Beispiel fragte: Spürst *du* denn die Zeit? Dann tippte er sich manchmal an die Stirn und stieß sie zurück, mit seinem verständnislosen Blick. Es war derselbe Blick, wie wenn sie wieder eine Wunde hatte und ihm versuchte zu erklären, daß der Schmerz sehr gut tat. Sein Verständnis beschränkte sich auf Begriffe wie: Masochismus. Selbstverstümmelung. Sein Unverständnis war das Schönste an der Sache und zugleich die Grundlage für seine Ablehnung.

Er hat sie dann irgendwann verlassen, und das war eigentlich das Allerbeste an der ganzen Sache. Da lag sie einen ganzen Monat im Bett und war fast nie bei sich. In sich. Wußte nur, daß der heulende Haufen, der da im Sumpf des Selbstmitleides versank, sie sein mußte.

Richtiggehend aus dem Häuschen war sie, gewissermaßen. *(Aus-dem-Häuschen-Sein, eine Redewendung, die ihr schon immer gefiel, weil man »Häuschen« auch durch »Loch« ersetzen könnte.)*

Natürlich hat sie danach noch manchmal versucht, ihm Gelegenheiten zu bieten. Ihn angerufen, Briefe geschrieben, einmal sogar bei ihm geklingelt. Er war toll. Hat nie geantwortet und sie bei dem Besuch gleich wieder rausgeworfen. Das reichte dann jedesmal mindestens für einen Ausflug. Weinen, weinen, das laute Aua! innen drin *(Herrje, wenn sie an die Zeit denkt, in der es noch ein Aua! gab, wird sie richtig sentimental.)* und los ging's. Oft war selbst der Spiegel überflüssig, es klappte auch so.

Sieht mir gar nicht ähnlich, so melancholisch zu sein, denkt sie. Besonders deshalb, weil ja nun klar ist, daß die Methode heute nicht mehr anschlägt. Zuvor müßte sie schließlich etwas empfinden, für einen Mann, der sie dann wegstößt. Und das ist definitiv außer Reichweite ihrer Fähigkeiten.

Das Klassentreffen fällt ihr wieder ein. Vielleicht wird sie hingehen. Um der alten Zeiten willen, an die sie eigentlich nicht glaubt.

Essen geht nicht. Der Hals ist zu eng, sie spuckt das Stück Kuchen auf den Boden. Geht nach Hause, wo der Anrufbeantworter etwas für sie bereit hält. Etwas, das abläuft, Geräusche macht, und das sie auch nach dem dritten Mal nicht versteht. Nicht die Worte, auch nicht die Lautstärke oder die minderwertige Qualität des Gerätes sind das Problem. Es ist der Inhalt. Erst nach dem vierten Mal versteht sie ihn. Es ist der Opa, der sie bisher noch nie aus dem Altersheim angerufen hat.

»Das hier ist eigentlich nicht für Ohren, die nicht faltig sind. Die noch zum Kopp passen, weil der noch nicht geschrumpft ist. Kannst jeden hier fragen, auch wenn keiner offen darüber spricht. Alle hier, die wir große Ohren haben, die am Kopp runterhängen, wissen wir von dem Gesetz. Ich breche es jetzt, ich verrate es einem von den Jungen. Darfste aber nicht weiter sagen, obwohl die anderen es sowieso leugnen würden. Wenn dein Kopp mal kleiner als deine Ohren ist, wirste wissen, was ich meinte.

Alle Alten, die du fragst, werden dir sagen, daß dein Leben noch vor dir liegt, daß du noch eine Menge lernen wirst und daß sie das wissen müssen, weil es bei ihnen genauso war. Du wirst also warten wie alle und wie auch wir gewartet haben. Bis du irgendwann alt bist und natürlich gar nix passiert ist und du denen, die jung sind, dasselbe erzählen wirst wie die Alten dir früher. Bleibt dir auch gar nichts anderes übrig, die Wahrheit ist viel zu peinlich. Es sei denn, du hast so eine freche Enkelin wie ich. Die dich fragt, ob sich irgendwann was ändert. Ob du als Alte noch genauso innen bist wie als Junge. Da kommst du dann mächtig ins Schwitzen, so wie ich. Bei mir waren es nicht die Granatsplitter. Die hör ich manchmal noch pfeifen, ja, aber auch das immer leiser. Seit dem ersten Furz, den ich als Göre von mir gegeben habe, ist nicht das passiert, wovon mir die Alten immer erzählt haben. Auch wenn ich früher drauf gewartet habe, daß mein Leben endlich irgendwann losgeht. Keine Angst, das hört irgendwann auf. Alles geht vorbei, den Satz kannste dir merken. Mach's gut, Kleene, und laß dir ja nicht einfallen, noch mal herzukommen. Von jetzt an will ich nämlich endgültig meine Ruhe haben.«

Schon am nächsten Tag ruft ihr Vater an und sagt es ihr. Sie ist entsetzlich müde, wie fast immer in der letzten Zeit. Müde, müde, und zwischendurch immer wieder die kurzen Schübe hektischer Erwartung. *Gespannt sein*, wie ein *Flitzebogen*, sie weiß jetzt, was das bedeutet. Der Flitzebogen spannt sich immer weiter, bis er mit einem lauten Ratsch! in der Mitte durchreißt, und dann ist sie wieder müde. In ihr muß jedoch ein monströses Depot an Flitzebögen, oder zumindest deren Saiten, existieren. Denn nach ein paar Stunden spannt sich wieder ein neuer. Für kurze Zeit.

Sie entscheidet sich für eine gelbe, weite Hose *(ein Geschenk von G., es sollte sie aufheitern, und sie hat sie noch nie getragen)*, Turnschuhe, einen grünen, engen Pullover und die einzige weiße Jacke, die sie besitzt. Eine Regenjacke. Das einzige dem Anlaß entsprechende Accessoire ist die große, dunkle Sonnenbrille. Sie trägt sie als Schutz vor der Sonne, nicht wegen tränenverquollener Augen. Im Spiegel sieht sie sich, aufgemacht wie ein Karnevalist und weiß, daß ihr Opa in die Hände klatschen würde, vor Freude. Weil sie so wunderbar unpassend aussieht, so, daß es den Rest der Familie ärgern wird. Eine Aufgabe, die sie nun gewissermaßen stellvertretend für ihn wahrnimmt.

In der Bahn zum Friedhof stinkt es nach Pisse. Süßlich und abgestanden, beinahe so wie im Altersheim. Sie fährt an vielen Sachen vorbei, von denen keine den milchigen Film auf ihren Pupillen durchdringt. Außer einer bunten, großen Reklametafel, nach der dreht sie sich sogar um. *Time is what you make of it. Swatch.* Steht über dem Antlitz einer lächelnden, gesund aussehenden Person. Sie steigt an der nächsten Haltestelle aus, wird zu spät kommen, aber verpassen wird sie ohnehin nichts. In dem großen Kaufhaus an der Ecke gibt es eine gut bestückte Uhrenabteilung.

»Haben Sie eine, auf der dieser Spruch steht?«

Sie zeigt auf einen Werbezettel. Die Tante hinter der Bedienungstheke hat eine Brille auf, an der ist eine von den goldenen Ketten, damit man sie nicht verliert. Da hängt die Brille jetzt dran, hängt runter.

»Swatch-Uhren, meinen Sie sicher.«

»Ja. Ich will die mit dem Werbespruch drauf.«

Es gibt keine, auf der der Spruch steht. Sie kauft stattdessen eine mit einem blauen, durchsichtigen Plastikband. Bekommt eine Werbebroschüre, auf der das ersehnte *Time is what you make of it. Swatch* steht.

Sie fährt weiter in Richtung Friedhof. Am Grab stehen sie alle, mit hängenden Köpfen, und diesmal haben sie zur Feier des Tages keine Nelken in den Händen. Ihre Eltern ziehen sie nach vorne, obwohl sie lieber hinten, bei den entfernten Verwandten und dem zur Trauer verdonnerten Abgesandten vom Altersheim (*Entschuldigung: Seniorenheim)* gestanden hätte. Der Priester erzählt etwas über *Christi Erlösung von unseren Sünden* und dem wunderbaren Menschen, der da nun *von uns gegangen ist.*

»Sag mal, hättest du nicht wenigstens etwas Schwarzes anziehen können??!! Dein Opa ist tot und du läufst rum wie eine, wie eine – also das ist einfach taktlos! Schäm dich!«

Ihre Mutter zischt die Worte so, daß keiner sie hört, außer ihr. Darin war sie schon immer brillant. Eine hochbegabte Zischerin, bei allen familiären Anlässen.

»Der Opa hat mich drum gebeten. Ich soll bei seiner Beerdigung etwas tun, das euch ärgert. Tut mir leid, ich mußte es ihm versprechen. Sonst kommt er jede Nacht als Geist zu mir.«

Sie hat das Talent der Mutter nicht geerbt und alle haben sie gehört. Sogar der Priester, der deswegen bis zum Ende seiner Rede fünfmal den Faden verliert. Sie schubst ihn nicht zur Seite, leiert ihr Gedicht teilnahmslos aus der zweiten Reihe herunter.

Jetzt bist du weg
Liegst da im Dreck
Wahrscheinlich tot
Ich kann nicht weinen, Opa
Du weißt warum
Weißt du jetzt
Warum, Opa?
Weg bist du
Da im Dreck
Wahrscheinlich tot
Heute gibt's Rosen für dich
Opa.

Es ist das schlechteste Gedicht, das sie seit ihrer Kindheit geschrieben hat, und sie weiß das. In ihrem Nacken spürt sie die Blicke, die nicht nur pikiert sind.

Alle werfen Erde oder irgendeine teure Blume hinunter, auf das, was da unten im Matsch wartet. Sie wirft die Swatch auf den Sarg. Erntet dafür mißbilligende Blicke, und ein

»Die schöne Uhr! Noch ganz neu, so was tut man nicht!«

von einer ihrer Tanten. Sie will da stehen bleiben, als alle sich in Bewegung setzen. Ihr Vater *(seine Augen sind rot, da muß er aber oft gerieben haben, um diesen Effekt zu erzielen, wirklich täuschend echt)* zupft sie am Ärmel. Wenn die Sache mit den Frischhaltesäckchen sie noch interessieren würde, dann würde sie es bemerken. Den Gestank und das allgegenwärtige Blubbern, es wabert und gärt wie wild. Ihre Eltern und auch noch eine Handvoll der anderen *Trauergäste* sind kurz vorm Platzen, die Beutel sind allesamt porös, und an den kleinen Löchern spritzt es schon raus. Sie merkt das, ist aber nicht sonderlich überrascht. Wenn sie noch eine Bestätigung suchen würde, die Frischhaltesäckchen sie noch beschäftigen würden, hätte sie einfach nur einen Besuch bei ihnen machen müssen.

»Komm jetzt, wir haben einen Tisch im Restaurant bestellt, zum Leichenschmaus.«

»Erzählt ihr mir noch mal was von Taktlosigkeit. Guten Appetit. Hoffentlich schmeckt die Leiche.«

Dann ist sie endlich allein. Ganz allein. Alleiner als alle auf der Welt. Am alleralleinsten von allen. Die Uhr mit dem blauen, durchsichtigen Plastikband liegt da auf dem Sarg und dann fängt es irgendwann an zu regnen. Aber die Uhr ist ja wasserdicht, ein Glück.

es hängt am spinatfaden

Das alles ist komisch für ihn. Und neu und irgendwie unheimlich, manchmal sogar beängstigend. Zuerst dachte er, es handele sich ganz einfach um ein höheres Maß an Anziehungskraft als er es bisher kannte. Um ein plumpes *Mehr*, das sich auf alle Faktoren, die dabei üblicherweise im Spiel sind, erstreckt. Auf die Augenblicke, in denen sie lacht *(ganz besonders die, in denen er ihre rosa Zungenspitze sehen kann, die nichts von ihrem Zauber verloren hat).* Auf die seltsamen Dinge, die sie sagt *(»Komm schon, ich will dich heute toll finden, sei anders«, zum Beispiel).* Ihren Körper *(Arme, Beine, Rippenbögen und Handgelenke, für die er sterben könnte).* Je häufiger sie seine Wohnung unordentlich macht, sich mittenrein auf den Boden setzt und ihren Duft überall versprüht, desto unausweichlicher wird die Wahrheit. Setzt sich mit ihrem fetten, cellulitegeschädigten Arsch mitten rein, in sein Bewußtsein, und macht es sich gemütlich.

Wie jetzt gerade. Sie essen eine Pizza, deren geschmolzener Käse an ihrem Kinn hängen bleibt, ohne daß sie es merkt. Er will den Käsefaden wegwischen, und als seine Hand ihre Haut berührt, fällt es aus seinem Mund.

»Ich liebe dich.«

Es liegt da, auf der Pizzapackung, mitten in einem Fettfleck. Neben einem Spinatfaden, den er jetzt anstarrt, als handle es sich um das Geheimnis des Lebens. Sie sagt

»Der Teig ist matschig.«

Und sie starren gemeinsam auf den Spinatfaden. Dann legt sie ihre Pizzaecke auf die Pappe, wischt sich die Hände an der Hose ab und ist dann ganz nah bei ihm. Umgibt ihn auf sehr überzeugende Weise mit all den irritierenden Faktoren *(Zungenspitze, Arme, Beine, Rippenbögen und Handgelenke)* und sagt dann

»Schöne Scheiße.«

»Wieso?«

»Ja, was sollen wir denn jetzt machen?«

Eine Farm kaufen, weggehen und ein neues Leben anfangen, Baby, was denn sonst? Du Mona – Ich Big Boy. Denkt er außerdem und bedankt sich bei T., der schließlich angefangen hat, mit dem Cowboyquatsch.

Der Spinatfaden weiß es nicht, und er schon gar nicht. Was er da nun sagen soll. Ein bißchen traurig ist er und auch verwirrt, aber darüber wundert er sich schon lange nicht mehr. Sie grunzt beim Sex, geht weg, wenn er sich nicht über beheizte Autositze streiten will, und kommt dann einfach wieder, als sei nichts gewesen. *(Vor kurzem hat sie einen Parfumflakon mit der Aufschrift »Identify yourself« mitgebracht und von ihm eine Stellungnahme dazu verlangt!)* Warum also sollte sie den üblichen Gesetzen in solchen Situationen gehorchen? Normalerweise müßte sie nach ein paar Wochen Zweisamkeit und einem guten Fick auf seiner Brust liegen und plötzlich sehr schweigsam sein. Er würde dann fragen, was los ist, und sie würde sich zunächst zieren. Er würde noch mal fragen, und dann müßte SIE eigentlich die drei Worte aussprechen. Er würde dann – wie sich das gehört – etwas wie »ich auch«, oder vielleicht gar »Ich dich auch« murmeln und hätte sich diese peinliche Sache ersparen können.

Jetzt steht sie auf und holt die große, braune Pappe, auf

der die Pros und Cons stehen. Wirft einen Blick auf seine Seite, auf die er sein Credo vom »Wählen-können« geschrieben hat *(gerade jetzt erscheint es ihm ein wenig polemisch).* Nimmt den Edding und schreibt auf ihre Seite

Liebe.

Etwas zu hastig nimmt er ihr den Stift weg und schreibt auf seine Seite

Liebe.

Der Blick, den sie sich zuwerfen, hat etwas Verzweifeltes. Für ihn ist es, als wolle er irgend etwas ganz schrecklich sehr und unbedingt. Der Wunsch danach ist jedoch genauso stark wie die Angst davor, es zu bekommen. Vielleicht wie ein Eunuch, der sich nichts sehnlicher wünscht, als daß jemand ihm zwischen die Beine faßt. *(Haben Eunuchen solche Wünsche?)* Obwohl doch da gar nichts ist und er das natürlich auch weiß und deshalb dann lieber doch nicht.

Er hat jedenfalls etwas, da zwischen den Beinen, das er momentan gar nicht erwartet hätte, und sie faßt ihn jetzt da an. Kurz darauf fassen sie sich gegenseitig überall an, und als er endlich unter ihr liegt und sich vorkommt, wie das glücklichste Pony der Welt, sieht er eine Träne auf ihrer Wange. Will sie wegwischen, wie zuvor den Käse. Kann aber nicht, weil sie ihn zurück auf den Boden schubst. Auf ihm herumrutscht, wie eine Wahnsinnige, dabei nicht nur hoch und runter geht, sondern Richtungen mit ihrem Becken einschlägt, von denen er gar nicht wußte, daß es sie gibt. Sie landen irgendwann vor dem Waschbecken im Badezimmer, er hinter ihr. Machen immer weiter, obwohl er schon sämtliche Ministernamen *(inklusive zugehöriger Ressorts)* im neuen rot-grünen Kabinett still vor sich hingebetet hat und sogar die Aufgaben seiner letzten Klausur. Als er seine halb ohnmächtigen

Hirnzellen bis hin zu den Geburtsdaten seiner Familie geprügelt hat, ist es soweit. Mitten im verzweifelten Grübeln über die Frage, ob seine Großtante Barbara nun im Mai oder doch im Juni dran ist, zieht sich das Fleisch in ihr um ihn schraubstockartig zusammen. Auf ihrem Rücken verschwindet jeder einzelne Wirbel und sie biegt ihn immer weiter durch. Im Spiegel sieht er ihre Augen und dann fällt sein Zahnputzbecher herunter und er stößt ihren Bauch noch viermal gegen den Waschbeckenrand.

Sie rutschen auf den Boden, er unter ihr. Seine Nase an ihrem Haaransatz im Nacken, ihre Lungen rasseln und seufzen synchron.

Sie rauchen zusammen eine, gleich da auf dem Fliesenboden. Reden nicht. Sehen sich manchmal an, aber immer nur kurz. Irgendwann steht sie auf, setzt sich in die Badewanne und wäscht sich zwischen den Beinen. Sorgfältig. Er hat das schon öfter gesehen, auch bei ihr, und jedesmal findet er es wieder interessant.

»Darf ich?«

Weil sie nickt, nimmt er den Duschkopf und spült die Seife mit der anderen Hand weg. *(Seife reizt die Schleimhäute da unten, hat er mal gelesen, deshalb gibt er sich Mühe.)* Nach einer Weile ist auch das letzte Seifenbläschen aus ihrem Schamhaar entfernt, und er muß aufhören, wenn er sich nicht lächerlich machen will. Und das hat er für dieses Jahr bereits zur Genüge getan, denkt er. Abtrocknen, das gönnt er sich aber noch. Dann ist sie fertig und sauber. Schon als sie beginnt, sich anzuziehen, weiß er Bescheid. Er raucht noch eine, auf dem Wannenrand sitzend, und sieht ihr beim Schminken zu. Überflüssig sie zu fragen, ob und wohin sie geht. Sie tut es dann und läßt ihn da stehen, mit einem extra für sie freigehaltenen Samstagabend. Er geht zum Telefon.

»T., wie wär's – Lust auf ein Bier?«

Er muß sich schwer zurückhalten, läßt sich aber nichts anmerken. T. geht ins Theater heute, von wegen noch nicht reif für die Ehe. Seit dem letzten, gemeinsamen Ausflug beschränkt sich ihr Kontakt auf telefonische Berichterstattung. T. und der Prototyp hatten eine sogenannte Aussprache, innerhalb derer sie sich offenbar auf gewisse, elementare Dinge einigten. Er darf jetzt wieder Bier trinken, in Ausnahmefällen auch eines von den schlimmen, sexistischen Wörtern benutzen. Dafür hat er sich bereit erklärt, manchmal kulturelle Veranstaltungen zu besuchen und in regelmäßigen Abständen eine Aussprache in eben diesem Stil zu führen. »Überprüfung ihrer Beziehung zueinander« nennen sie das.

»Pro Museumsbesuch einmal rülpsen und verfickte Scheiße sagen dürfen – ist es das, wovon du geträumt hast, Cowboy?«

hat er T. gefragt, woraufhin am anderen Ende der Leitung nur bockiges Schweigen zu vernehmen war.

Er könnte noch eine Menge anderer Leute anrufen, auch Frauen. *(Oh ja, und wie er das könnte, die warten alle nur darauf.)* Aber er hat keine Lust. Da kriecht etwas in ihm hoch, das sich dummerweise ein wenig nach Einsamkeit anfühlt. Nicht schlimm, nicht wirklich allein fühlt er sich. Nur ein bißchen. Eigentlich kaum der Rede wert. Ein wenig unschlüssig öffnet er das Fenster und sieht hinaus. Ohne, daß er unten auf der Straße einen Anhaltspunkt dafür erkennen könnte, ist ihm plötzlich feierlich zumute. Bei den Vorbereitungen, die er dann trifft, sieht er sich immer wieder verstohlen um. Der Gedanke, daß ihn jemand beobachten könnte, ist ihm unangenehm. Wie ein liebeskranker Teenager läuft er herum und holt seinen alten Füllfederhalter aus der Schreibtischschublade *(das letzte*

Mal benutzt, um einer spanischen Ferienbekanntschaft seine heiße Sehnsucht mitzuteilen, er war fünfzehn), die Flasche edlen Rotwein (*die ihm sein Vater irgendwann mal geschenkt hat*), und dann, gewissermaßen zur Krönung, legt er eine alte Platte auf. Auch die zum letzten Mal gehört, lange bevor er das Wort »Immatrikulationsnachweis« schreiben oder auch nur aussprechen konnte. Als er fertig ist, kommt ihm der Gedanke, daß das bevorstehende Klassentreffen eigentlich in diesem Zusammenhang ein amüsanter Zufall ist. Er sammelt sich, noch bevor die anrollende Welle Nostalgie eine Chance hat.

Dann streicht er das Papier glatt, entfernt nicht vorhandene Krümel und öffnet den Füller. Er hat damit gerechnet, daß er gegen Mitternacht in einem Haufen zerknüllter, untauglicher Versuche sitzen und aufgeben würde. Aber nachdem die Feder das erste Mal Papier berührt hat, gebärdet sie sich wie ein wildgewordener Seismograph mitten im kalifornischen Erdbeben des Jahrhunderts. Ich muß ihn ihr ja nicht wirklich geben, denkt er, als er die erste Seite noch mal liest.

– noch keine Anrede –

Ich schreibe einen Brief. Ich werde ihn Dir persönlich übergeben müssen, weil ich noch nicht mal Deine Adresse habe. Wie so viele andere Dinge, die ich nicht von Dir weiß. Ich kenne Deine Vorliebe für Räume, die so eingerichtet sind wie das Wohnzimmer meiner Großeltern in den Sechzigern. (Du hast es im Liquid Sky gesagt.) Aber ich weiß nicht, wie Du lebst. Ich kenne Deine Haltung gegenüber Thunfischen, Delphinen und einer Menge anderer Dinge. Aber ich weiß nicht, was Dich wirklich beschäftigt – vielleicht abgesehen von unserer Wette.

Als Du die erste Nacht hier warst und am nächsten Morgen diesen Brief geschrieben hast, da wollte ich auch nichts über Dich wissen. Weil ich eigentlich nie etwas über die Frauen wissen will, mit denen ich aus einer Bar raus ins Bett gehe. Die Tatsache, daß ich einen Brief schreibe, ist schon ziemlich seltsam für mich. Aber sie hat etwas damit zu tun, daß ich seit einiger Zeit plötzlich etwas über Dich wissen will. Und natürlich mit dem Ausbruch vorhin, beim Pizzaessen.

Überrascht es Dich, zu hören, daß mir so was noch nie passiert ist? Es ist beinahe lustig. Dein erschrockener Gesichtsausdruck bei meinem, nun ja Geständnis, wie gut kenne ich den! Von mir selbst, allerdings. Dabei weiß ich gar nicht, ob es überhaupt stimmt. Es war plötzlich da und ist mir so passiert. (Wie wenn man aus Versehen sabbert.) Ich kann nicht sagen, ob ich an diese »eine Sache« glaube. Liebe. Manchmal glaubte ich daran, und dann war ich wieder sicher, daß sie nur ein Einfall der Verhütungsmittel-, Blumen- und Unterwäscheindustrie oder vielleicht auch einiger gewiefter Schmuckverkäufer sein kann.

Im Moment weiß ich es nicht. Versteh mich nicht falsch, ich will nichts zurücknehmen oder relativieren. Auch wenn ich selbstverständlich keine Lust habe, jemals wieder darauf zurückzukommen – wenn, ja, was wenn?

Wenn Du es nicht so siehst, vielleicht dann. Nichts jagt mir mehr Angst ein, als Reihenhäuser mit Zweitwagen und Grillabende auf steinernen Gartenterrassen. Wenn ich an Dich denke, wünsche ich mir nicht, was man gemeinhin mit »gemeinsamer Zukunft« und all den Sicherheitsgarantien verbindet. Ich will nur mehr über Dich wissen. Wenn Du so willst: auch mehr mit Dir zusammensein, Deine Wohnung mal sehen und vielleicht auch Deine Freunde kennenlernen.

Der Rotwein hat ihn weich gemacht. Und rührselig, wie ihm der letzte Satz beweist. Da kann er ja gleich schreiben: Ich kaufe dir einen Piepser, dann kann ich immer wissen, wo du gerade bist. Wenn sie meint, immer einfach weggehen zu müssen – soll sie doch. Freunde hat er auch selber genug, was soll er da mit ihren anfangen. *(T. wird ja hoffentlich nicht gleich ein Dauerabo im Schauspielhaus gekauft haben.)* Und überhaupt: Er hat sich schließlich zum Affen gemacht, mit seinem Liebesgestotter. Als die Feder die zweite Seite berührt, drückt er sie ziemlich brutal ins Papier, und sie fliegt auch nicht mehr.

Andererseits möchte ich mich natürlich nicht aufdrängen. Denn wenn Du das alles komplett anders siehst, will ich Dich zu nichts überreden. Ich kann gut damit leben, ab und an mit Dir ins Bett zu gehen. Vielleicht ist das sowieso alles Quatsch, weil Du noch drei andere Typen hast mit denen Du Deine Wette und auch sonst einiges veranstaltest.

Überhaupt: eigentlich habe ich keine Lust mehr zu der Wette. Am Anfang war das ganz amüsant, mittlerweile ist es zu einer Art Zwangsritual geworden. Ich ahne, daß Du dann auch sonst keine Lust mehr hast. Wenn ja, wirst Du diesen Brief sicher peinlich finden, wenn nicht gar lästig.

Ich habe ihn trotzdem geschrieben, weil ich finde, daß wir zwei einige schöne Abende hatten. Und manche Dinge müssen eben auch mal ausgesprochen werden.

Er trinkt den Rest der Rotweinflasche aus und faltet den Brief, nachdem er den letzten Satz dick durchgestrichen hat. Steckt ihn dann in die Hosentasche, um ihn nicht mehr sehen zu müssen. Wenn er könnte, würde er seinen literarischen Ausbruch ungeschehen machen. Und den über dem Pizzakarton gleich mit, dann wäre ohnehin alles einfacher.

Stark angetrunken ist er und wütend. Als er schon ein paar Stunden schläft, klingelt es. Er setzt sich auf und will zur Tür hechten. Aber halt. Das hat er schon mal getan und sie dann unter seine angewärmte Bettdecke gelassen. Sie hat nach Alkohol gerochen und nach einem lustigen Abend. Diesmal soll sie sehen, wo sie bleibt. Er ist ja kein Hotel. Er schläft wieder ein und wacht dann noch mal auf. Endlich wird es hell draußen. Dann geht er joggen, eine Runde und noch eine in der scharfen Morgenluft. Bis er beinahe Blut hustet und schwitzt wie ein Moschusochse. Als ihm ein Schweißtropfen auf den Handrücken fällt, hofft er, daß ein Stück von ihr in dem Tropfen ist. Wie bei einer fiebrigen Grippe, eine kleine Bakterie, von denen er noch eine ganze Menge auszuschwitzen hat. Aber keine Grippe dauert ewig.

keine zeit, nie

Sie macht nicht mehr viel. Da ist Post, manchmal Notizen mit Namen von Menschen, die sie angerufen haben. Sie liest die Namen ihrer Eltern, ihrer Freunde und erkennt die Buchstaben darin. Das von den Mitbewohnern aufgeschriebene Wort, das sie zusammengenommen ergeben. Allein beim Inhalt, der Bedeutung, hapert es. Sie kommt einfach nicht dahinter, was sie mit den Namen verbinden sollte. Und so stapeln sich die Zettel vor ihrer Tür.

Vor ein paar Tagen erst klopften ihre versammelten Mitbewohner an die Tür und fragten, ob es ihr irgendwie nicht so gut ginge. Sie konnte nichts sagen. Schloß einfach die Tür wieder und saß dann wieder genauso da, wie vorher. Auf der Bettkante, die Augen weit offen und doch irgendwie zu.

Nicht mehr, wie früher, wartend. Daß irgendwas passiert. Nicht mehr, wie früher, grübelnd. Wie sie es anstellen könnte, daß irgendein Gefühl auf sie drauf fällt. Auch nicht mehr, wie früher, trauernd. Wegen der Zeit, in der sie nicht so dagesessen hat. Und schon gar nicht mehr, wie früher, voller Selbstverachtung. Weil sie so unzufrieden mit einem Leben war, nach dem andere sich die Finger lecken würden. *(Eines mit einem warmen Bett mit wirbelsäulenfreundlicher Latex-Matratze, Geld von mittelmäßig-überdurchschnittlich verdienenden Eltern, Essen mit verschiedenen Geschmacksrichtungen und sogar so etwas wie sozialen Kontakten darin.)*

Die gute G. ist ihre Nabelschnur zur Welt hinter der Wohnungstür. Sie denkt, ihr seltsam abgeschottetes Dahindümpeln sei der Trauer um den toten Opa zuzuschreiben. Kommt alle paar Tage, um einzukaufen, aufzuheitern und Trost zu spenden. Nur einmal hat sie versucht, G. die Wahrheit über ihr Befinden zu erklären. Das war keine gute Idee. Sie sagte

»Mein Problem ist nicht, daß mein Opa gestorben ist. Mein Problem ist, daß es mich nicht berührt, daß er tot ist.«

G. antwortete, beschwichtigend

»Mach dir keine Sorgen. Das ist ganz normal. Als meine Oma gestorben ist, war bei mir auch wochenlang alles ganz taub. Man kapiert das erst mal gar nicht.«

Seit einiger Zeit hat G. eine neue Flamme. Einen Fallschirmsprunglehrer, der wie erwartet das Ende ihrer vorübergehenden Depressionsphase markierte.

»Er ist bekennender Adrenalin-Junkie, weißt du. Er sagt, er braucht es, das Gefühl, bei jedem Sprung könnte der Schirm doch nicht aufgehen. Nach seinen Sprüngen ist er immer geladen, wie eine volle Autobatterie, er sprüht richtig Funken dann. Unheimlich sexy.«

Beneidenswert, denkt sie. Sie weiß nicht, warum die Fallschirmspringer, Bungee-Jumper und Wildwasserruderer so etwas tun. Vielleicht, weil sie sich an etwas erinnern wollen, das nicht einfach wieder weggeht. So, wie andere sich immer wieder eine neue Liebe suchen, die dann ausleiert und im besten Fall irgendwann weh tut. Wenn sie nicht gleich spurlos verschwindet, ohne daß später auch nur der grobe Zeitraum ihres Wegganges benannt werden könnte. Nein. Sie hat einen großen Teil des Angebotes wahrgenommen, niemand kann ihr vorwerfen, daß sie es nicht versucht hätte. Sie wird nicht mehr mit der Meute laufen, nicht mehr suchen, finden, probieren, aufgeben, enttäuscht sein. Weil es nicht kommt, das Eine. Das, was für immer genauso sein wird, wie als es passierte. Sie hat aufgegeben.

»Manchmal wünschte ich, ich hätte Aids. Oder ich wäre als Kind mißbraucht worden oder wenigstens regelmäßig verprügelt.«

G. ist schockiert. Sprachlos schockiert sogar, was für sie eher untypisch ist.

»Wenn ich wenigstens ein Kosovo-Flüchtling wäre, der gefoltert worden oder einer Massenexekutierung entkommen wäre. Vielleicht ist das alles, bei einem Leben wie meinem, kein Wunder. Ein Airbag-Leben. Was auch passiert, an allen Seiten gut gepolstert, und bevor überhaupt ein Airbag in Aktion treten könnte, schaltet sich ja ohnehin das ABS-System ein.«

Von diesem Zeitpunkt an werden G.s Besuche zwar nicht seltener, aber kürzer. Immer öfter wirft sie ihr Blicke zu, wenn sie denkt, sie merkt es nicht. Es sind dieselben Blicke, die sie im Spiegel sieht. So betrachtet man Menschen, die in vollbesetzten U-Bahnen aufstehen und plötzlich laut schreien. Als sie noch nach draußen ging, ist ihr das mal passiert. Ein Mann, der ein paar Plätze weiter saß, riß seinen Mund auf und stieß einen langen, ohrenzerfetzenden Schrei aus. Die Menschen in der Bahn sahen und hörten das, aber keiner richtete wirklich den Blick auf ihn. (*Selbstverständlich fragte niemand, sie eingeschlossen, ob der Mann eventuell Hilfe brauche.*) Es war, als hätte er gar nicht geschrien, sondern aus Versehen einen extrem lauten Furz von sich gegeben. So sieht sie sich selbst im Spiegel. Ihre Haare sind fast immer fettig und hängen neben ihrem kalkweißen, ausdruckslosen Gesicht herunter. Die Augen stecken stumpf und träge in ihren Höhlen, bewegen sich kaum noch. Schlafen geht nicht mehr, es scheint körperlich bedingt zu sein, da sie nicht mehr als durchschnittlich zwanzig Schritte am Tag macht *(Toilette, selten Kühlschrank, immer wieder Bett – Schreibtisch).* So schwebt sie zwischen halbwach und halbschlafend.

Einmal hört sie eine Frauenstimme nachts stöhnen. Jemand in der Wohnung paart sich offenbar mit einem anderen. Sie legt das Ohr an die Wand, die an das Zimmer des neuen Mitbewohners grenzt. Ja, dort kommt es her. Jemand lacht lasziv.

Und plötzlich ist sie ganz aufgeregt. Läuft eine Weile sehr schnell und energisch im Zimmer auf und ab. Die Flitzebogensaite spannt sich, zum ersten Mal seit Wochen. Nicht langsam, wie sonst. Es ist, als packe jemand die schlaffen Enden und zerre sie mit einem Ruck auseinander. So stramm gespannt sind sie, daß eine ganze Horde von übergewichtigen Seiltänzern darauf Polka tanzen könnte. Bretthart und unflexibel, wie eine Autobahn. Sie geht aus dem Zimmer, zu der Tür, hinter der jetzt zwei Stimmen im selben Takt zu hören sind. Die Tür ist unverschlossen, und sie bewegt sich schnell und etwas mechanisch vorwärts, bis sie vor dem Bett steht. Kerzen sind angezündet und erhellen zwei Gesichter, die nur aus offenen Mündern zu bestehen scheinen. Entsetzen. Wut.

»Sag mal, was … wer ist das? Raus hier, was –«

Sie sieht Nacktheit, eine Brust und dann eine Bettdecke, die versucht, zu bedecken.

»Du bist ein Lügner! Ein Lügner bist du! Von wegen toter Freund, neben dir zerquetscht – du hast gelogen! Ich hab dich lachen gehört, du kannst bumsen und lachen, du Lügner! Warum hast du mir nicht die Wahrheit gesagt, warum hast du nicht zugegeben, daß du auch nichts spürst? Daß du auch nichts hast, das dir für immer weh tut?«

Vielleicht liegt es an dem Schreck. Vielleicht will er auch nur Zeit gewinnen oder ist überrumpelt. Wahrscheinlicher ist, daß er denkt, was jeder denken würde. Nämlich, daß sie zu allem fähig ist, daß man sie schnell loswerden muß. Die Frau neben ihm ist aufgestanden, mit der Bettdecke um sich geschlungen. Starrt sie an.

Jedenfalls sagt er

»Naja, wahrscheinlich ist das menschlich. Man muß ja weiterleben. Man denkt zwar noch daran, aber mit der Zeit kann man auch wieder normal weitermachen.«

Er redet betont ruhig und faßt dann ihren Arm an, schiebt sie in Richtung Tür. Nackt. Die autobahngewordene Saite in ihr reißt, bei dem Wort »weiterleben«. Von da an ist sie plötzlich wie gelähmt, ihre Beine tragen sie kaum noch.

»Das heißt, eigentlich kann nichts in das Feuerzeug. Ich wußte es. Ich wußte es –«

An der Tür verändert sich sein Tonfall, er schubst sie, weil das nur ein Trick war.

»Raus. Hau ab, du Irre. Raus hier. Bescheuerte Kuh.«

Vor der Tür, in der sich dann noch ein Schlüssel umdreht, bleibt sie sitzen. Durch den Krach sind die zwei anderen wach geworden, starren sie kurz an und schließen ihre Türen dann auch schnell. Im Zimmer hört sie sie flüstern.

»Ich glaub, die sitzt jetzt da draußen. Also so was, richtig unheimlich …«

»Hattest du mal was mit der oder warum macht die so ein Theater? Sollten wir nicht lieber die Bullen rufen?«

Nach ein paar Stunden, es wird hell, steht sie auf und schleppt sich in ihr Zimmer.

Später wird ein Zettel unter ihrer Tür durchgeschoben. Darauf steht, daß sie ausziehen soll. Im Flur unterhalten sich ihre Mitbewohner, sind offenbar sehr aufgeregt. Irgendwann am Nachmittag klingelt es, und dann klopft G. an ihre Tür.

»Wie geht es dir?«

Vorsichtiger Blick, seitlich auf sie gerichtet. Offenbar wurde sie in Kenntnis gesetzt, vielleicht sogar herbestellt.

»Gut. Ich hab nur keine Zeit.«

Sie lächelt, ein schöner Satz. Ein wahrer Satz. So wahr, daß sie ihn gleich noch mal sagt.

»Ich hab keine Zeit. Weißt du, heute abend ist so ein Klassentreffen, da will ich hingehen.«

G. nimmt sie in den Arm. Streicht über ihren Kopf.

»Aber was willst du denn da? Ich glaube, du solltest lieber mit mir zu deinen Eltern kommen. Ich hab das Auto unten stehen, sie wissen schon Bescheid. Sag mal, was hast du denn da letzte Nacht gemacht?«

Jetzt muß sie lachen. Weil G. sie ganz vorsichtig behandelt, wie so eine Psychotante. Und weil sie tatsächlich zu glauben scheint, sie würde zu ihren Eltern fahren.

»Ach, vergiß es. Der regt sich wohl auf, ja? Ich hatte letztens ein Gespräch mit ihm, und da wollte ich ihm noch eine Frage dazu stellen. Der Zeitpunkt war wohl etwas ungünstig. Jetzt guck mich nicht so traurig an, ist schon ok, ich geh mich nachher entschuldigen.«

Kurz darauf sitzt sie in der Badewanne, die ihr eine offenbar nun doch beruhigte G. eingelassen hat.

»Ich dachte schon, du seist, na ja, ich dachte ehrlich gesagt, du wärst durchgedreht. Die haben mich angerufen – extra meine Nummer aus dem Telefonbuch gesucht – und getan, als wärst du zu einer Art weiblichem Hannibal Lector mutiert. Du siehst auch nicht gut aus, bist ganz dünn. Meine Güte, wie dünn du bist, Wahnsinn.«

Es ist G.s Diätfimmel zu verdanken, daß diese Tatsache für einen Themenwechsel sorgt. Sie zieht sich dann auch sofort aus und greift sich angewidert an die Oberschenkel.

»Sieh mal, diese Polster treiben mich noch zum Wahnsinn. Ich seh aus wie eine Birne. Am Arsch hängt überall Fett, und oben ist nix. Wie hast du das nur gemacht? Bei dir sind die Oberschenkel viel dünner geworden.«

Dann wird sie wieder ernst, ihre schönen Augen wandern von ihren, eigentlich gar nicht dicken Oberschenkeln, zu ihren. Augen.

»Zum Klassentreffen? Ich dachte, das wäre so ungefähr das letzte, was du gern machen würdest.«

Wenn sie ihren Worten die Verzweiflung nimmt, nicht aufgeregt klingt, dann kann sie ihr vielleicht die Wahrheit sagen. Sie sehnt sich ein bißchen nach Sprechen. Nach Worten, die Dinge sagen, die ihr schon so vertraut sind wie ein Finger. Oder ein Bein. Die sie in der Isolation manchmal wie Kinderlieder vor sich hin gesungen hat, weil sie dann genauso unausweichlich wahr blieben, sich aber schöner anhörten *(ich spür mich nicht, ich bin ganz leer und suchen kann ich auch nicht mehr, weil in mein Lebensloch nichts fällt, das wirklich lange hält).*

»Du grübelst schon wieder. Das gefällt mir nicht. So wie die Sachen, die du gestern gesagt hast. Daß du gerne Aids haben würdest, das hat doch hoffentlich nichts mit der komischen Zuckerbeutel-Sache zu tun, oder? Deine Eltern denken, du wärst etwas angeschlagen, wegen deinem Opa. Meinst du nicht, ich sollte dich lieber doch da hinbringen? Eine neue Wohnung brauchst du ja auch, nach deinem Auftritt gestern nacht.«

Zu ihren Eltern. In die Gruft, in das Haus am Stadtrand. Wo ihre Mutter alles mit Sidolin putzt, unverdünnt sprüht sie das Zeug überall hin. Sogar auf Holz. Und ihr Vater, der abends immer alte Tatort-Folgen auf den Dritten Programmen guckt. Seit Jahrzehnten dieselbe Biersorte trinkt und dabei Leberwurstbrote mit Cornichons in sich stopft. Nein. Nein.

»Nein. Da geh ich nicht hin. Und das mit gestern nacht werde ich regeln. Ich würde sowieso nie wieder jemanden nach dieser Sache fragen. Kapiert eh keiner.«

G. geht dann. Umarmt sie lange, versucht damit ihre Hilflosigkeit zu verbergen.

»Ist ja gut jetzt. Wenn ich bei dem Klassentreffen war, hat sich ohnehin einiges erledigt. Ich werde danach nicht mehr von Zuckertütchen reden, versprochen.«

Wieder allein, merkt sie, wie anstrengend es ist, sich »normal« und zuversichtlich zu geben. Aber gelogen hat sie nicht. Nicht eine Sekunde lang. Sie hat nur nicht gesagt, was sie wirklich in der alten Schule suchen will. Kann sie auch gar nicht, es ist nur eine vage Hoffnung. So klein ist die, daß sie selbst kaum daran glaubt.

zu jung für die ehe, zu alt zum sterben

Am Abend vor dem Klassentreffen, als er noch gar nicht sicher ist, ob er wirklich hingehen wird, ruft ihn ein alter Klassenkamerad an. Später weiß er nicht mehr, ob das den Ausschlag gegeben hat. Er ist schockiert. Noch Stunden nach dem Telefonat wird er sie nicht los, eine sehr eigentümliche Panikattacke. Der, der in Bio immer neben ihm saß und gegen den er immer gewann, beim Schiffeversenken. Ein nicht gerade attraktiver, durchschnittlich intelligenter Brillenträger. Genau der Typ Mensch, bei dem er sicher war, daß er niemals Grund zur Beunruhigung haben müßte. Daß er niemals in die Verlegenheit kommen würde, sich selbst und seine Art Leben auch nur annähernd mit ihm und dessen Leben vergleichen zu müssen. Verheiratet, ein Kind, ein Job. Und dabei unverschämterweise nicht die leiseste Unzufriedenheit in der Stimme. Er versucht sich zu beruhigen. Ganz klar: ein Brötchentütenträger. Am Wochenende immer mit Kind und Kegel in irgendeinen Park, um dort diese ganz bestimmte Art karierte Decke auszubreiten. Abends nicht weggehen können, das Wort »Spaß« aus dem Vokabular verbannt. Irgendwann so geübt im Schönreden, daß die Geschichte durch den Verfremdungseffekt einer Telefonleitung ohne Mühe glücklich klingt. Glücklich. Ja, so hat er geklungen. Wahrscheinlich macht Übung in dem Fall den Meister.

Seit der Sache mit dem Brief *(der mittlerweile sorgsam vernichtet wurde)* hat er nichts mehr von ihr gehört. Hat auch gar nicht versucht, sie zu erreichen. Immer wenn er daran dachte, ist er joggen gegangen. Sogar in der Sauna war er ein paar Mal. Tonnenweise Schweiß hat er verloren, und wenn wirklich in jedem Tropfen ein Teil von ihr enthalten war, müßte die Sache bald überstanden sein. Seine Libido sieht das komplett anders, aber der hat er ohnehin Ausgangssperre erteilt. Nur nachts, da wacht er manchmal auf, und dann ist es viel schwerer, als tagsüber.

Und nun dieser Anruf. Und das auch noch nach Ladenschluß. Keine Chance, schnell rüber zu Plus zu gehen. Den Kassierer solange anzustarren, bis er in ihm den frisch gebackenen Familienvater sehen kann. Es ist ihm unbegreiflich und es macht ihn aggressiv. Daß er jetzt dasitzt und diese Gedanken hat. Über Dinge, die er seit Jahren für sich und auf seine Weise geregelt hat. Aber es ist ja auch kein Wunder. Um ihn herum überall diese wilde Paarungswut, die für sich genommen noch kein Anlaß zur Panik sein müßte. Aber sie reden plötzlich alle davon, wie es wäre, Kinder zu bekommen. Sie sagen nicht, daß sie welche wollen, nicht jetzt sofort. Aber sie sprechen über die Zeit, in der sie es vielleicht tun könnten. Und das für seinen Geschmack viel zu oft. Erst jetzt fällt ihm auf, wie häufig er in der letzten Zeit Gespräche über die Vor- und Nachteile von Wassergeburten oder über bilinguale Schulen mit anhören mußte.

»Auf Dauer ist das ja keine Lösung, immer nur in Bars rumzuhängen und nicht an morgen zu denken.«

Hat T. vor kurzem gesagt. Er sah dabei nicht ihn, sondern seine neuen Schuhe an. Und als danach kein befreiendes Lachen, kein Zeichen dafür, daß das ein Witz war kam, wußte er Bescheid. Götterdämmerung. Die anderen haben damit begonnen, Altersvorsorge-Informationsbroschüren in ihren Schreibtischschubladen zu verstecken. Noch legen sie sie nicht offen auf den Tisch, noch hält sie die Scham zurück. Aber es kann nicht mehr lange dauern. Er wird sich dem stellen. Er wird zu dem Klassentreffen gehen, um sich das live anzusehen.

für immer

Am Eingang zum Schulgelände bleibt sie stehen. Sie hat natürlich nicht damit gerechnet, daß etwas passiert. Mittlerweile ist es zur Gewohnheit geworden, es ist wie in dem Comicstrip mit Goofy. Mickey sagt: »O sieh mal, es fängt an zu regnen.« Goofy stürmt zur Tür und antwortet: »Wenn ich ganz schnell renne, schaffe ich es vielleicht, unter dem Regen durchzulaufen.« Mickey lacht und tippt sich an die Stirn. Als Kind hat sie diese Geschichte wochenlang beschäftigt. Jetzt steht sie da, betrachtet das große Grau, den Betonblock, der sich kaum vom dunklen Himmel abhebt.

Sieht das Licht in einigen Fenstern brennen, dort, wo die anderen stehen. Die sich heute versammelt haben, um zu beweisen, wieviel sie in den letzten Jahren erlebt haben. Und sie? Sie ist unter dem Leben hindurch gelaufen, wie Goofy unter dem Regen. Mehr noch: da war ein unsichtbarer Regenschirm, der über ihr hing, selbst wenn sie unbedingt ein paar Tropfen abbekommen wollte. Manchmal war es, als würde sie selbst dann nicht naß, wenn sie sich mitten in einen sintflutartigen Wolkenbruch stellte.

Sie geht über den Schulhof, vorbei an vergessenen oder demolierten Fahrrädern, und sie wird nichts vorzuweisen haben. Keine Vergangenheit, keine Erlebnisse. Es ist wieder wie an dem Abend ihrer letzten Party: Sie spürt, daß die anderen so sehr daran glauben, sich füreinander zu interessieren, daß sie es in ihrer Vorstellung auch tatsächlich zu tun scheinen. Dort oben, hinter den erleuchteten Fenstern, stehen sie und berichten von den Dingen, die sie erfahren und die sie verändert haben. Das in ihrem Kopf ständig präsente Bild von den dreien auf dem Sofa *(die Zeit, die süffisante Erfahrung und der am Ende immer lachende Biologische Verfall)*, kennen die dort oben vielleicht ebenfalls. Doch sie lehnen sich, seitdem sie denken können, jeden Tag von neuem dagegen auf, bis es irgendwann verblaßt ist. Deshalb glauben sie daran, daß das Leben passiert, ohne daß sie darunter durchlaufen müßten.

Sie sind die Mickeys, die über Goofy lachen.

Doch heute passiert auch ihr etwas. Schon als sie auf die Eingangstür zugeht. Alles dunkel, keine Menschen. Und mit dem ersten Schritt, den sie in das graue Betongebäude (*sicher erzählen sie den Schülern auch heute noch, das architektonische Konzept aus den 70ern sei bestechend in seiner zeitlosen Schönheit*) setzt, ist es soweit.

Sie kommt seit Jahren das erste Mal wieder hierher, und es ist, wie wenn kurz vor dem Tod das bisherige Leben vorm inneren Auge abläuft und man dann doch nicht stirbt. Sie steht da, gleich hinter der Flügeltür, die mit einem Ächzen zuklappt, und traut sich nicht sich zu bewegen. Irgendwo sind Stimmen, die anderen sind schon in dem Raum und schwenken die Sektgläser. Neben ihr hängt der gute, alte Vertretungsplan in der Vitrine, und auch der Geruch ist derselbe. Natürlich.

Die letzten Monate, in denen die Zeit stehengeblieben und in ihr drin nur noch luftdicht verpackte Stagnation übrig war, sind kaum noch greifbar. Hier steht sie, am Anfang des Zeittunnels. Hier ist der Ort, an dem sie plötzlich und unvorbereitet am Ziel ihrer Wünsche ist. Keiner der zahlreichen Versuche konnte auch nur annähernd das bewirken, was ihr hier einfach so in den Schoß plumpst. Nicht einmal ihr peinlicher, letzter Kontakt mit dem Blick von außen, der dann vom Zugfenster abrutschte, hatte eine ähnliche Intensität.

Der halbe Schritt, mit dem sie in das Zeitkontinuum eingetreten ist, hat sie um Jahre zurückgeworfen. Hier, wo alles noch genauso ist und immer so bleiben wird, wie es seit Schülergenerationen war, ist sie nicht einfach nur aus sich raus. Nicht einfach nur weg von dem, was sie sonst ist. Nicht mal die Spur eines erdigen Randes, den sie hinter sich gelassen hat, ist zu erkennen. Es ist, als sei nie ein Loch dagewesen.

Hier ist sie wieder das, was sie als Sechzehn-, Siebzehn-, Achtzehnjährige war. Durch die Gänge rennen, in der Fünf-Minuten-Pause noch schnell die Hausaufgaben abschreiben. Auf der Treppe einen Lehrer bequatschen, damit er ihr doch eine vier Minus gibt. All die Dinge, die sie hier getan hat, oder tun mußte, sind wieder da.

Sie ist wieder da. Wenn dies eine Hollywood-Produktion wäre, hätte es eine Nebelwand gegeben, durch die sie gerade gegangen ist. Vielleicht auch farbige Spots und das sanfte Hauchen von elektronisch erzeugtem Wind. Auf der anderen Seite der Nebelwand hätte sie dann gestanden, so wie sie damals war. Es fehlen nur die langen, rotgefärbten Haare, die Schultasche unterm Arm. Die Scheibe, hinter der diverse Bekanntmachungen der Schulleitung hängen, spiegelt ihr Gesicht wider. Darin ist nichts von all dem zu sehen *(außer ihrem Gesichtsausdruck, der strahlt und glänzt)*, deshalb faßt sie ungläubig ihren Kopf an. Kneift die Augen zusammen, um das Bild von den dreien auf dem Sofa zu sehen. Nichts.

Sie läuft ein paar Schritte weiter, bis sie in dem gläsern

überdachten Atrium steht. Wo sie immer in der Pause saß, mit den anderen. Dort hat sie jahrelang den Tag, an dem sie nie wieder herkommen müßte, herbeigesehnt. War sicher, daß er der Beginn sein, daß dann alles anders werden würde. Und jetzt ist sie froh, fast glücklich, daß sie sich daran erinnert. *(So sehr, daß ihr das Wort glücklich nicht einmal pervers erscheint.)* Daß sie die Vergangenheit bis ins letzte Organ wahrnimmt. Sie sitzt auf einer der hölzernen Stufen und weiß wieder, daß es sie gibt. Sie und womöglich sogar die Vergangenheit, die Zukunft und folglich auch die Gegenwart. Pappmachéfiguren, das Feuerzeug und ihre Verzweiflung, all das scheint draußen, vor der Schule, geblieben zu sein. Und das beste daran ist, daß sie in sich drin bleiben und es trotzdem wissen kann. Wie dumm und lächerlich erscheinen die Experimente mit Schmerz und Scham jetzt. Wie überflüssig. Sie hätte nur hierher gehen müssen, zu dem einzigen Ort auf der Welt, an dem Zeit niemals vergehen wird.

Jemand kommt und ruft laut, erkennt sie offenbar. Sie weiß nicht, wer es ist. Alle sind schon da, sagt der Jemand, sie solle mit nach oben kommen. Sie läuft schweigend und beseligt lächelnd mit dem Jemand durch die Flure, bis zu dem Zimmer, in dem Musik läuft. Vorbei an Bildern, die noch dieselben sind, an Türen, die dasselbe Schild haben. In dem Zimmer stehen überall kleine Grüppchen, ausnahmslos jeder trägt ein breites Lächeln zur Schau. Man reicht ihr ein Sektglas, eine Rede wird gehalten. Über Jahre, die vergangen sind, unterschiedliche Lebenswege und tatsächlich auch über *Veränderung.*

Sie würde gern auf einen Stuhl steigen und laut rufen: *Ja! Es stimmt! Es sind Jahre vergangen, und man kann sie ganz deutlich spüren, wenn man durch die Eingangstür geht.* Sie läßt es. Bemüht sich um einen selbstverständlichen Gesichtsausdruck. Einmal will sie zu denen gehören, für die *das* ganz normal ist.

Später, nachdem noch mehr Reden gehalten worden sind und alle sich wieder in Grüppchen aufteilen, steht ihre alte Liebe neben ihr. Der, dem sie einmal so dankbar für seine Kälte war. Durch dessen Ablehnung sie wochenlang in perfekter Trauer lebte, durch den sie sich Tag und Nacht in ihrem Leid suhlen und so wunderbar nah bei sich sein konnte.

»Du siehst gut aus. Richtig zufrieden – sag bloß, dir gefällt diese kleine Inszenierung hier?«

Er holt ein Feuerzeug aus seiner Jackentasche, um seine Zigarette anzuzünden, es ist grün und durchsichtig.

»Darf ich mal?«

Sie raucht nicht, und entsprechend überrascht sieht er sie an. Sie macht es an, läßt es brennen. Bis ihr Daumen heiß wird.

»Ich finde es wunderschön.«

Sein Blick ist genauso verständnislos wie früher. Dabei ahnt er nicht mal, daß sie in gewisser Weise auch das grüne, durchsichtige Feuerzeug meint.

Später trifft sie ihn noch mal, als im Atrium die große Überraschungsparty in vollem Gang ist. Die meisten tanzen unten, außer ihnen stehen noch ein paar andere hoch oben an der Balustrade.

»Möchte mal wissen, warum bei solchen Gelegenheiten immer gleich die gesamte Queen-Collection gespielt werden muß. Da kommt man sich ja vor wie der Abi-Jahrgang '85. Ich wette, gleich kommt *We are the Champions.*«

Sie steht schon lange an derselben Stelle, unfähig und unwillens, sich zu den Feiernden zu gesellen. Von hier oben hat sie alles genau vor sich, sie kann sich von dem Blickwinkel nicht losreißen. Noch immer ist alles wie beim Eintritt in das Gebäude. Keine vergangene Sekunde, nicht mal das Händeschütteln mit den Lehrern, nichts hat der Intensität etwas anhaben können. Ein ganz leises Herzpieksen, durch seine Gegenwart ausgelöst, scheint sich sogar zu steigern, was sie schon für den Höhepunkt hielt. Seine Stimme senkt sich, er spricht plötzlich leiser.

»Ähm, wie das damals gelaufen ist – das war ja schon irgendwie blöd. Denkst du noch manchmal daran?«

Tatsächlich, sie singen alle *We are the Champions,* und der, der schon seit der zehnten Klasse immer an der schuleigenen Anlage stand, dreht beim Refrain – wie immer – die Musik leiser.

Sie müssen beide lachen. Sie sagt ihm, ohne zu lügen, daß sie ihm nicht böse ist, deswegen. Er sagt

»Komisch. Hier so zu stehen, das ist, als wäre man wieder achtzehn. Geht dir das auch so?«

»Ja.«

Er ist irgendwie anders, als sie ihn in Erinnerung hatte. Genaugenommen hat sie gar keine Erinnerung an ihn als Mensch. Aber heute ist alles anders, und so erwägt sie für einen Sekundenbruchteil, ihm die Wahrheit zu sagen. Über die Nebelwand und all das. Er schlägt vor, nach draußen, vor den Eingang zu dem Graffiti, das sie in der elften Klasse gemeinsam für den Kunstunterricht gesprüht haben, zu gehen.

Vielleicht ist das der Fehler gewesen, sie will bei ihm bleiben. Seine Nähe scheint ihr in diesem Moment der perfekte Platz zu sein. Dort vereint sich alles, er ist der Knotenpunkt. Sie empfindet nichts mehr für ihn, doch er funktioniert als eine Art Prothese für das, was einmal war.

Deshalb bemerkt sie auch noch nichts, als sie zusammen durch die Tür nach draußen gehen. Das Graffiti ist noch da, jemand hat auf den Kopf vom Silver-Surfer einen blöden Hut gemalt. Dann geht er ein paar Schritte von ihr weg, und erst in diesem Moment merkt sie es.

»Warte mal, wo gehst du hin? Ich – warte doch ...«

Er entfernt sich immer mehr, und mit ihm scheint sich der Schalter langsam von alleine umzulegen. Etwas in ihrem Kopf bekommt klare Umrisse, sie erkennt es zunächst nicht. Ein Sofa, darauf drei Fratzen, die schadenfroh grinsen.

»Ich geh nur mal eben in die Büsche, pinkeln. Weißt du nicht mehr, die Klos drinnen haben doch immer so gestunken. Du hast mal gesagt, es würde riechen wie toter Lehrer. Nein – toter und seit Jahren drin vergessener Lehrer, das hast du gesagt.«

Sein Lachen und die letzten Worte hört sie kaum, da haben ihre Hände schon die Eingangstür erreicht. Stoßen sie auf, ein Krachen, als sie gegen die Wand fliegt. Ganz kurz wartet sie, an der Vitrine, stark vermindert und nur andeutungsweise ist es so wie beim ersten Mal. Die Treppe hoch, wie das Gefühl beim Eintauchen in eine warme Badewanne, deutet sich die Rückkehr an. Aberzulangsamvielzulangsam. Sie beginnt zu rennen, hastet hinter ihren Gedanken her. Vorbei an einer Gruppe lachender, halbwegs bekannter Gesichter. Die gucken blöd, aber sie weiß, daß nicht mehr viel Zeit bleibt. Bis alles wieder weg ist. Bis sie nicht mehr weiß, wie es war, für kurze Zeit Mickey zu sein. Deshalb rennt sie noch schneller. Zu dem Punkt, an dem sie vorher stand und nicht darüber nachdenken mußte, ob Uhrzeiger sich wirklich bewegen und Kalenderblätter wirklich nicht nur abgerissen werden, sondern jedesmal einen alten Tag begraben. Schon tauchen die drei Fratzen auf, ihr Gelächter ist noch nicht zu hören, aber die Münder stehen schon offen.

Sie sieht die Tanzenden, lehnt sich über das Geländer.

Da draußen hat sie für ein paar Sekunden wieder erlebt, WieEsWirklichIstUndFürSieImmerWiederSeinWird-WennSieHierRausgeht. Dort warten sie auf sie, die Dinge, wie sie wirklich sind. Waren nie wirklich weg, sind nur nicht mit reingekommen. AberSieStehenDaSieKannSie-FörmlichRiechen. Die Anfangsmelodie eines Liedes beginnt, alles erkennt das Lied und singt mit und freut sich.

Sie freut sich auf ihre Weise,

WeilSieNunWeißDaßSieNieWiederRausDurch DieEingangstürGehenWirdWoSieJaDochNurWar tenUmIhrJedenTagAufsNeueZuZeigenDaßSieIm merNurEineVonDenenSeinWirdDieUnterDemLe benHindurchlaufenUndDieNieNiemalsDenSinn BegreifenWirdDerHinterAllDemSteckt SondernStän digSoDummeSachenWieMitKreideAnDieWand MalenMachenWerdenHierGibtEsKeinFeuerzeug KeineFrischhaltesäckchenUndHierHabenAuch DieDreiKlugscheißerAufDemSofaKeineChanceSie WürdeZuGernWissenObDieserMomentAuchWie derWeggehtWieAlleAnderenSachenInIhrAberSieWird EsLieberNichtAusprobierenZuGefährlichBald KannSieZusammenMitIhremOpaDarüberLa chenUndDannWirdSieWissenDaßEsGutSoWar.

die finale brötchentüte

Als er wieder reinkommt, stehen alle unten im Atrium. Die Musik, nach Queen haben sie zum Commitments-Soundtrack gewechselt, läuft noch. Keiner tanzt mehr, irgendwie bewegt sich auch keiner. Für einen Moment befürchtet er, daß sie eine Art Choreographie einstudieren und gleich alle sternförmig zu *»Ride Sally Ride«* ausschwärmen. Zuzutrauen wäre es ihnen. Er läßt seinen Blick über die Balustrade wandern, ist sicher, daß sie die einzige wäre, die mit ihm darüber lachen würde. Überhaupt war das Wiedersehen mit ihr unerwartet angenehm, er war auf Vorwürfe oder gar Annäherungsversuche gefaßt. Statt dessen war sie ganz entspannt, keine Spur von der hysterischen Neurotikerin von früher.

Oben steht gar keiner mehr, jetzt sieht er auch, daß alle im Kreis stehen und etwas auf dem Boden anstarren. Noch bevor er dort ankommt, entsteht ein Gedränge, und alles ist plötzlich in Bewegung. Jemand ruft

»Notarzt! Wir brauchen ein Telefon.«

Lehrer lockern ihre Krawatten, jemand ist in Ohnmacht gefallen. Wahrscheinlich ist einer der ausdrucksstarken Tänzer einem Kreislaufkollaps erlegen, denkt er, als sich das Gedränge lichtet. In seiner Magengrube wird es unruhig.

Was er dann sieht, ist ein seltsam verrenkter Körper, an der Stelle, wo normalerweise der Kopf ist, breitet sich eine eigenartig verfärbte Masse aus. Er erkennt die schwarze, weite Hose und den pinkfarbenen V-Ausschnitt-Pulli, und als nächstes stülpt sich sein Mageninhalt nach außen. Er ist nicht der einzige, um ihn herum knien sogar einige auf dem Boden und kotzen, was das Zeug hält. Andere stehen da, sind weiß und sprechen nicht. Irgendwann ist endlich die CD zu Ende.

Später, im Taxi, muß er den Fahrer bitten, am Straßenrand zu halten. Was dann aus ihm herauskommt, hat er noch nie gesehen, aber es scheint Galle zu sein.

Er steigt vor seiner Haustür aus, sieht dem gelben Taxischild hinterher, wie es am Ende der Straße verschwindet. Seine Knie sind weich, und als er darüber nachdenkt, wie er nun all die Treppen schaffen soll, sieht er sie.

Vor seiner Tür sitzt sie und scheint ihn schon die ganze Zeit zu beobachten. Er spürt nichts von all dem, was er sich für diese Situation vorgestellt hatte. *(Denn daß sie irgendwann wieder quer über sein Herz gestiefelt kommen würde, um so zu tun, als sei nichts passiert, damit hat er ja gerechnet.)* Wie weggepustet sind Entschlossenheit und die Worte, die er auswendig gelernt hat, für den Fall der Fälle. »Geh und spiel deine Spielchen woanders, mir ist das zu anstrengend.« Das war die Version, für die er sich entschieden hatte.

Alles woran er jetzt denken kann, ist, daß er nach Kotze stinkt. Daß er grauenhaft aussehen muß und überhaupt, daß nichts so ist, wie es sein sollte. Als sie auf ihn zukommt, will er instinktiv die Arme heben und sie wegstoßen. Eine Trillion Schweißtropfen wären umsonst geflossen, wenn er sie jetzt berührt. Aber sie bleibt vor ihm stehen.

»Du hast doch mal was von so einem Wald erzählt, in den du immer mit deinem Freund fährst. Ich bin mit dem Auto hier, sollen wir hinfahren?«

Er lacht. Sie hätte ihm willenlosen Sex anbieten können, eine demütige Entschuldigung oder was immer er sich nächtens sehnsüchtig gewünscht hat. Nichts davon hätte ihm gefährlich werden können. Alles hat er einkalkuliert. Nur das nicht. Das, dieser Vorschlag, ist teuflisch. So durchtrieben, daß er selbst erst jetzt merkt, wie sehr er sich genau das wünscht. Der Wald, der große Stein am Bach. Dort will er jetzt sein.

Im Auto reden sie nicht, bis auf seine knappen Kommentare über den richtigen Weg. Er sitzt verkrampft auf dem Beifahrersitz, wie jemand, der jede Sekunde mit einem Schlag aus dem Hinterhalt rechnet. An jeder Ampel ist er sicher, daß sie gleich loslegt. Aber sie schweigt einfach nur, als hätte es nie eine Wette gegeben. Er könnte wenigstens einfach aussteigen, wenn sie es doch tut.

Wenn sie ihn jetzt, in seiner Verfassung, auf tote Tauben ansprechen würde. Oder sonst irgend etwas, das mit ihren verqueren Vorstellungen zu tun hat. Aber sie schweigt einfach.

Die entgegenkommenden Scheinwerfer strahlen ihr Gesicht an, er betrachtet es. Heimlich, von der Seite. Einmal fährt sie sich ganz kurz mit der Zunge über die Lippen, und da zuckt er zusammen. Weil er plötzlich wieder den zermatschten Kopf seiner Ex-Freundin vor sich sieht. Ihm wird wieder schlecht.

An dem Feldweg, auf dem er immer mit T. parkt, halten sie an. Langsam wünscht er sich, daß sie doch etwas sagt. Über die gute Landluft, oder irgend etwas anderes, das ihn ärgern könnte. Dabei ist ihr Schweigen das Beste, was ihm momentan passieren kann. So muß er weder über den Horror der letzten Stunden *(die Zeugenaussage bei der Polizei, die jammernden Eltern, seine Angst)*, noch über die letzten zwei Wochen ohne sie reden. Aber ihm ist völlig rätselhaft, warum sie jetzt gemeinerweise genau so ist, wie er es sich wünscht. Von allen möglichen Verhaltensweisen beim Wiedersehen hat sie die gewählt, auf die er ganz einfach nicht vorbereitet war.

Auf dem Weg durchs Gestrüpp und den steilen Hang zum Bach hinunter mault sie nicht. Braucht keine Hilfe beim Abstieg, scheint sogar die richtigen Schuhe anzuhaben. Er gibt auf. Sie ist da, und er ist dort, wo er im Moment am liebsten sein will. Über den Rest kann er sich später den Kopf zermartern. Auch wenn er dann sicher alles bereut und sich in den Arsch dafür treten könnte.

Auf dem Stein holt sie dann auch gleich zwei Bierflaschen aus ihrer Tasche. Er fragt gar nicht erst. Unter anderen Umständen hätte er spätestens jetzt in akuter Gefahr geschwebt, ihr gleich hier einen Heiratsantrag zu machen. Er. Einen Heiratsantrag. Es muß an diesem völlig verkorksten Abend liegen. Aber er hätte gleich am nächsten Tag auf vorübergehende Unzurechnungsfähigkeit plädiert. Kein Gericht der Welt hätte ihn unter diesen Umständen zur Einhaltung seines Versprechens verurteilt. Was dann aus ihm rauskommt, ist nicht ganz so verhängnisvoll. *(Die Sache mit dem Spinatfaden ist ihm noch zu präsent.)*

»Sie hat da gelegen, weißt du. Ihr Kopf war offen, hinten, und ich glaube, das was da rauskam, war ihr Gehirn.«

Sie sieht ihn an, natürlich ist Vollmond. Ihre Augen sind irgendwie anders als sonst. Und weil sie so sind, so groß und so, als könne er ihnen alles sagen, erzählt er. Redet drauf los, als könne sie jeden Moment aufstehen und ihn allein da zurücklassen. Wie aus einer Kalaschnikow schießen die Worte aus seinem Mund, er verschluckt manche davon. Am Ende ist er kurz davor, auch von den zwei Wochen ohne sie zu erzählen. Er hätte es getan, alles hätte er ihr gesagt. Sogar das mit dem Brief. Aber da hat ihre linke Hand schon seine Schulter berührt und die rechte seine Wange, und dann ist sie plötzlich überall an ihm dran. Redet immer noch nicht, kein Ton kommt aus ihr raus. Er braucht eine ganze Weile, um mit seinen Armen ihren Oberkörper zu umfassen. Es ist wie in Zeitlupe, alles an ihm ist schwer und bewegt sich wie unter Wasser. Aber dann hat er sie, dann hält er sie fest, und sie sitzen da am Bach, wie die zwei verlorenen Königskinder. Eine ganze Weile. Bis der Himmel und die Luft rosa werden und Schichtwechsel ist, der Tag übernimmt. Da knurrt ihr Magen laut und aufdringlich, gewissermaßen ihre erste Äußerung seit Stunden.

»Was meinst du, sollen wir zurückfahren, irgendwo Brötchen kaufen gehen und frühstücken?«

sagt sie. Und er nickt, lächelnd. Begreift dann erst die Tragweite des Satzes, nickt noch einmal, diesmal langsamer. Und lacht dann einmal kurz, leise vor sich hin.

Später, zurück in der Stadt, laufen sie Arm in Arm zu seiner Wohnung. Es ist noch nicht richtig Tag. In der freien Hand trägt er die Tüte mit den Brötchen und denkt: Das muß ein Witz sein.

epilog

Die trauernden Eltern haben einen Imbiß vorbereitet, auf ihrer steinernen Gartenterrasse hat sich die Handvoll Beerdigungsteilnehmer versammelt. Verwandte, Freunde, ehemalige Mitschüler und Mitbewohner der Verstorbenen halten Kanapees in der Hand und tauschen Anekdoten aus. Nicht über die Kanapees, auch wenn einige von ihnen das lieber täten. Die unangenehmen Umstände des Todes, der sie hier zusammenführt, eignen sich nicht besonders gut für die normalerweise üblichen Gespräche. Entsprechend ratlos und etwas gelähmt ist die Stimmung. Ratlos ist auch die auffallend kurze Ansprache des Vaters, der nun ein handgeschriebenes Blatt vorliest.

Es ist die Rede von ihrer Kindheit und Jugend, davon, daß sie immer sehr nachdenklich und wißbegierig war. Der Vater und auch ein Teil der zuhörenden Gäste denkt an dieser Stelle, daß das Wort »wißbegierig« ein himmelschreiender Euphemismus ist. Weil sie ihm und auch anderen mit ihren Fragen auf den Geist ging. Aber natürlich sagt das keiner, weil sie ja jetzt tot ist.

Die chronologische Reihenfolge der Rede macht einen Sprung an der Stelle, an der sie zu Hause auszog, weil der Vater von da an nicht sicher ist, was sie eigentlich gemacht hat. Gerade jetzt ist ihm diese Tatsache zum ersten Mal ein wenig peinlich, weil er glaubt, daß es nun jeder weiß.

Außer einer auffallend schönen Frau, die die beste

Freundin der Toten war, merkt es jedoch keiner. Sie steht in der ersten Reihe und scheint wirklich traurig zu sein. Ihr größtes Problem besteht darin, daß sie die einzige ist, die eine Ahnung davon hat, warum ihre Freundin sich umgebracht hat. Dieser Umstand stellt jetzt das rhetorische Talent des Vaters auf eine harte Probe. Entsprechend lange hat er an diesem abschließenden Teil des DIN-A4-Blattes gefeilt und sich nach langem Hin und Her für folgende Formulierung entschieden:

»Meine Tochter war offenbar durch den Tod ihres Großvaters, zu dem sie ein inniges Verhältnis pflegte, so getroffen, daß sie in ihrer Trauer keinen anderen Ausweg sah als den, den sie nun zu unser aller Entsetzen gewählt hat.«

Seine Erleichterung ist grenzenlos, er sieht in die Runde. Alles schweigt betreten, scheint seine Worte ähnlich gelungen wie er selbst zu empfinden.

Außer einem jungen Mann in einem blauen T-Shirt, der seine neue Freundin mitgebracht hat, und den ehemaligen Mitschülern. Genaugenommen ist auch er nur hier, weil er das Pech hatte, der letzte gewesen zu sein, der die Tochter des Redners lebend sah. *(Und weil er vor Jahren einige unerquickliche Monate lang mit ihr zusammen war.)* Er und die Mitschüler haben den auf dem Boden vor ihnen verteilten Inhalt ihres aufgeplatzten Kopfes gesehen. Aus diesem Grund läuft ihnen allen ein Schauer über den Rücken, weil jede noch so vorsichtig gewählte Beschreibung dieses Bild nicht aus ihrem Bewußtsein eliminieren kann. Auch den dazugehörigen Körper, der auf eine Weise verrenkt war, wie es ein Lebender nicht könnte, sehen sie alle wieder vor sich.

Der junge Mann mit dem blauen T-Shirt hat das Glück, zu dem Teil der Bevölkerung zu gehören, der in diesem überdurchschnittlich warmen Frühling verliebt ist. Die junge Frau neben ihm hebt seinen Hormonspiegel beträchtlich an, weshalb der über seinen Rücken laufende Schauer nicht ganz so kalt ist wie der der anderen. Sein Leben ist gerade dabei, sich auf nachhaltige Weise zu verändern, auch wenn er es noch nicht wahrhaben will.

Dennoch reagiert er etwas verbittert auf die hölzerne Darbietung des Vaters. Er denkt: »Ausweg gewählt« ist gut. Gehüpft ist sie. Runtergesprungen und aufgeknallt.

Und außer der Mutter. Sie steht daneben und ist zum ersten Mal, seitdem sie denken kann, wütend auf ihren Gatten. Überhaupt hängt der Haussegen schief, was ebenfalls ein Novum in ihrer zwanzigjährigen Ehe ist. Sie ist extrem durcheinander, seitdem »das Unglück«, wie sie den Tod ihres einzigen Kindes nennt, passiert ist. Für den heutigen Anlaß hat sie das Mobiliar und die Böden im Haus insgesamt dreimal mit ihrem Lieblingsreiniger poliert. Beim dritten Durchgang hielt sie für einen Moment lang inne und dachte, ebenfalls zum ersten Mal in ihrem Leben, über ihr Handeln nach. Sie wird später an diesem Tag einen Nervenzusammenbruch erleiden und daraufhin eine Psychotherapie machen. Auch das eine Premiere. Ihr Therapeut wird ihr zu einem kreativen Hobby raten, und sie wird sich in fast genau einem Jahr von ihrem Mann trennen. Möglicherweise wird sie sich für eine alternative Existenz in der Toscana entscheiden, vielleicht auch in der Provence. Jetzt denkt sie, und ist dabei so schockiert, daß sie ganz rot anläuft, was jedoch keiner bemerkt: Du dämliches Arschloch. Nicht mal eine ordentliche Trauerrede kannst du halten. Ich ertrage sie nicht, diese Blicke. Alle denken sie, wir hätten versagt, und nach deiner Rede werden sie es noch viel mehr denken. Diese Scham.

Jemand räuspert sich, und es werden kleine Grüppchen gebildet. In der Verwandten-Gruppe lassen sich nun doch einige zu ein paar Tränen hinreißen, darunter auch die Mutter. Ihr Mann legt den Arm um sie, und mit dieser ungewohnten Geste steigert sich ihre Wut zu Ekel.

Die Mitschülergruppe verabschiedet sich geschlossen, kaum einer war darunter, der ohne die zufällige Anwesenheit am Ort des Geschehens überhaupt hierher gekommen wäre. Ihr Aufbruch läßt ein paar der Freunde und auch die Mitbewohner mit dem Gedanken spielen, sich ebenfalls zu entfernen. Pietät und das Herumreichen von Alkohol hindern sie daran.

Gleich neben dem Büfett steht die schöne, ehemals beste Freundin der Toten und knabbert an einem Paprikastreifen. Eine Menge Fragen hat sie, die ihr keiner mehr beantworten kann. Und Schuldgefühle, von denen sie nicht weiß, woher sie kommen. Auch wird sie den Gedanken an ein nur wenige Monate zurückliegendes Gespräch mit ihrer nun leblosen Blutsschwester nicht los.

Der mit dem blauen T-Shirt und seine Freundin kommen auf sie zu, und sie tauschen ihr Unbehagen über die Atmosphäre auf der steinernen Gartenterrasse aus. Sie kennt ihn von früher und fragt ihn

»Wie war sie, an dem Abend?«

Ihre Frage bringt ihn in Verlegenheit. Seine Achselhöhlen füllen sich mit Feuchtigkeit, und sein Gesicht wird heiß.

»Nicht so, wie man es erwarten sollte, im nachhinein. Sie wirkte ziemlich, ähm, also sie war irgendwie gut drauf.«

Da er gern alte Krimiserien sieht, weiß er, daß dieser Umstand bisweilen für eine ganze Lawine wilder Spekulationen sorgen kann. Selbstmörder, die kurz vor dem Aus noch lächelnd durch die Gegend laufen, werden oft zu Mordopfern stilisiert. Jeder Krimi-Fan weiß das. Abgesehen davon ist ihm bis heute unklar, ob die Tatsache, daß er kurz vor ihrem Sprung in die Büsche pinkeln gegangen ist, etwas damit zu tun haben könnte.

Seine Antwort löst zunächst Nachdenklichkeit aus, eine ganze Minute lang sagt niemand was. Dann sieht sich die junge Frau mit dem Paprikastreifen verstohlen um, keiner der restlichen Anwesenden beachtet sie.

»Komisch. Aber das paßt in gewisser Weise zu ihrem seltsamen Verhalten, in der letzten Zeit.«

Sie senkt ihre Stimme und stellt sich näher zu dem frisch verliebten Paar. Irgendwo hinter ihnen ist jetzt lautes Geschniefe zu hören, eine der Tanten beklagt den Verlust eines so jungen Lebens.

»Ich habe bis jetzt noch niemandem davon erzählt. Und hundertprozentig verstanden hab ich es auch nicht.«

Was folgt, ist ein langer Monolog, in dessen Verlauf die Begriffe »Zuckertütchen« und »Feuerzeug« eine Schlüsselstellung einnehmen. Der Träger des blauen T-Shirts identifiziert den ersten Teil der Erzählung dunkel als etwas, das er selbst von der Verstorbenen schon einmal gehört hat. Von da an ist er etwas beruhigt, weil sein dringendes Bedürfnis an dem Abend offenbar doch nichts mit der Katastrophe danach zu tun hatte. Sein anderes dringendes Bedürfnis, das weibliche Wesen neben ihm, lauscht gebannt. Stellt sogar Zwischenfragen.

»Im Ernst? Sie meinte, daß sich eigentlich nichts wirklich in uns festsetzt, daß nichts für immer da bleibt, sondern immer nur kurz? Und das, was wir ›Ich‹ nennen, bleibt dann immer gleich, weil alles, was war, so schnell verblaßt?«

Später dann, als sie sich verabschiedet haben und zu

dritt auf der Straße vor ihren Autos stehen, scheint sie noch immer nicht genug zu haben.

»Ich glaube, jetzt habe ich es verstanden. Wenn sie daran geglaubt hat, muß sie wirklich irgendwann durchgedreht sein. Das würde ja bedeuten, daß wir uns ständig was vormachen, wenn wir glauben, uns zu verändern. Oder, genaugenommen, zu leben.«

Die zwei Frauen tauschen ihre Telefonnummern aus, währenddessen er mit den Fingern auf dem Autodach herumtrommelt. Sie verabschieden sich voneinander, wie zwei alte Freundinnen. Die gesamte Fahrt über wird dann nicht geredet, bis sie einen Parkplatz gefunden haben.

»Hör mal, mir ist da was wegen unserer Wette eingefallen.«

Diese Wette ist mittlerweile in Vergessenheit geraten, was zumindest eine der im Auto befindlichen Personen nicht bereut.

»Wir *konnten* sie gar nicht zu Ende bringen. Es *konnte* gar keiner gewinnen. Weil sie falsch formuliert war, völlig falsch. Sie hat nur eine Erscheinung zum Ziel gehabt. Eigentlich geht es um viel mehr, das habe ich jetzt verstanden. Ganz ehrlich: Gibt es irgend etwas, von dem du sagen würdest, daß es dich wirklich verändert hat? Das so weit geht, daß es dein Innerstes auf den Kopf stellt?«

»Ja. Du«

antwortet eine heisere Stimme neben ihr, aus deren Richtung sich eine Hand auf ihre Brust legt.

»Bist du ganz sicher?«

»Ja.«

»Wollen wir wetten?«

Die heisere Stimme ist nun wieder klar, eine Spur Resignation hat sich eingeschlichen.

»Ach komm schon, du willst doch nicht ernsthaft bezweifeln, daß Menschen sich verändern. Ständig passieren irgendwelche Dinge, die haften bleiben und uns zu etwas anderem machen.«

»Gut. Dann beweis' es mir. Dieselben Regeln, wir benutzen natürlich ein neues A-3-Blatt.«

Einige Wochen später ist der Sommer endlich da. Selbst nachts gehen die Temperaturen kaum zurück, die Stadt ächzt unter der Hitze und wälzt sich schlaflos hin und her. Die Mutter starrt die Decke über dem Bett an, neben ihr schnarcht der verhaßte Ehemann. Am anderen Ende der Stadt läßt sich die beste Freundin der Toten leicht gelangweilt von dem Fallschirmspringer vögeln. Sie denkt immer noch an das Telefonat vor ein paar Stunden. Es war genauso wie jede Woche. Dasselbe Ritual, mit beinahe identischen Fragen und Antworten.

»Und, bist du noch traurig?«

»Ja, schon.«

»Denk dran, was wir ausgemacht haben. Du mußt ehrlich sein, es geht nicht um Moral oder Pflichttrauer. Also: Bist du noch traurig, oder geht es langsam weg?«

Die Stimme am anderen Ende der Leitung war, wie immer, drängend und erwartungsvoll.

»Na ja, ein bißchen weniger ist es schon geworden. Geweint hab ich seit letzter Woche nicht mehr.«

»Na also. Wenn du willst, können wir uns nächste Woche treffen. Auf dem Friedhof waren wir auch schon lange nicht mehr.«

Sie geht nicht gern zu dem Grab, aber dann fällt ihr noch etwas ein. Neben dem Telefon liegt ein Zettel, mit einer Notiz.

»Du hast doch mal gesagt, daß du eine Wohnung in der

Stadt suchst. Die Leute, mit denen sie in der WG wohnte, suchen für ihr Zimmer einen Nachmieter. Würde es dir was ausmachen, ich meine, das ist ja schon etwas makaber ...«

Es macht ihr nichts aus. Ihm, der mit den neuen Wettbedingungen gewisse Schwierigkeiten hat, schon eher. Seine Chancen, diesmal zu gewinnen, sind nicht gerade überwältigend. Eigentlich verschwindend gering, was nicht zuletzt auf seinen mangelnden Enthusiasmus zurückzuführen ist.

Nach dem Telefonat nötigt sie ihn in mittlerweile gewohnter Weise dazu, über *das Thema* zu sprechen. Der Unterschied zu früher besteht darin, daß sie nicht mehr einfach weggeht, wenn er ihre Aufregung nicht teilt. Sie bleibt fast immer über Nacht, seitdem sie zusammen an dem Bach im Wald waren.

Und auch jetzt *weiß* er, daß sie da ist. Sie ist noch wach, das merkt er ganz genau. Er beschließt, sich noch eine Weile schlafend zu stellen, vielleicht küßt sie dann sein Gesicht wieder, weil sie denkt, er schläft. Ein vorsichtiges Blinzeln in Richtung Armbanduhr, es ist schon nach ein Uhr. Und wenn er die ganze Nacht so daliegt, das ist es wert. Später dann, wenn sie anfängt, ihn überall zu streicheln, wird er so tun, als wache er langsam auf.

Amanda Cross im dtv

»Amanda Cross ist und bleibt die Königin des amerikanischen literarischen Krimis.«
Publishers Weekly

Verschwörung der Frauen
Roman · dtv 8453

Süßer Tod
Roman · dtv 11812

Der Sturz aus dem Fenster
Roman · dtv 11913

Die Tote von Harvard
Roman · dtv 11984

In besten Kreisen
Roman · dtv 20190

Spionin in eigener Sache
Roman · dtv 20191

Gefährliche Praxis
Roman · dtv 20233

Albertas Schatten
Roman · dtv 20332

Tödliches Erbe
Roman · dtv 20373

Das zitternde Herz
Roman · dtv 24169

»Für diejenigen, die noch nicht die Bekanntschaft von Kate Fansler, Englischprofessorin und Detektivin, die schon viele spannende akademische Kriminalfälle gelöst hat, gemacht haben: Es ist höchste Zeit, damit anzufangen!«
Cosmopolitan